従順な喘ぎごえ

館　淳一

従順な喘ぎごえ

目次

第一章　看護婦の肉検査

藤太(とうた)は、ラブホテルのベッドのなかで、若い女のふくよかな肉体を抱いていた。湯上がりの肌に新しい汗を浮かばせ、鼻にかかった甘い溜め息を洩らし、腰をくねらせている娘の名はジュリ。

この娘とはアダルト系SNS『あぶちゃんねる』で知りあったばかり。二時間ほど前まではどちらも互いの存在を知らなかった関係だ。

ジュリは掲示板の自己紹介では《看護婦、二十二歳、ふっくら系》と記してあった。自分のことを「ふっくら」とか「ぽっちゃり」と表現するのは、ネットナンパの世界ではほとんど「デブ」のことだと思われている。

（いったいどれほど太っていることやら）

それを恐れていた藤太だが、会ってみると、確かに肉づきは豊かだったが、ぶよぶよとかタプタプといった不健康さはまったく感じられなかった。自己申告した年齢を疑わせる痕跡は少しもなく、張りつめた皮膚のなかには若く健康な牝の魅力がぎゅうッと包み込まれている。

何より藤太を喜ばせたのは、肌が白くなめらかで、愛撫する指が吸いつきそうな感じがすることだった。藤太は自分の母親がそうだったからか、こういう絹のような肌の持ち主は、それだけでほれ込んでしまう。

美人とは言えないにしろ、どことなく愛嬌のある丸い、子供っぽさを感じさせる顔立ちで、笑うと目がうんと細くなってしまう。その笑顔に藤太は好感を抱いた。そういった無邪気さに弱い。

いま年上の男に抱かれ、彼の指でまず肉が、次に心がほぐれてゆく段階にいるジュリは、目を閉じて恍惚とした表情になると、まるで菩薩さまを思わせるような慈悲ぶかさを思わせるようで、それがドキッとするほど魅力的に見えるから不思議だ。

（こんないい子を面接なしでゲットできたのはラッキーだった……）

藤太はジュリの肉体に触れ、まさぐりながらその部分を評価している。会ってろくに言葉を交わさないうちにベッドインしてしまったので、彼女についての情報は、指によって得るしかない。

（それにしても見ず知らずの男に抱かれるのだから、もう少し警戒してもいいと思うのだが……。援交目的でもなく、あっさりＯＫしてくれたのは、それだけ飢えていたということなのかな……）

藤太はまだ、夢でも見ているのではないか、と疑っているところがある。

――実は、藤太の三十二年の人生で、まったくゆきずりの素人の女の子とナンパしてベッドに入るのはこれがほとんど最初なのだ。

甘い言葉で女を口説くのが苦手ということもあって、藤太は今まで恋人らしい恋人を得たことがない。性欲はオナニーで解消し、社会人になってからはもっぱら風俗のプロのお世話になってきた。

三十二ならふつうの男は、結婚して子供を作って――と、人生設計を考えるものだが、どういうものか藤太は、ひとりの女と毎日顔を突き合わせて暮らすという自分を考えられない。違った女を抱き、違った味を味わう、それが彼のセックスの楽しみ、ひいては人生の楽しみで、結婚によってそれを放棄する気にはとうていなれない。ひょっとしたら一生、結婚しないまま終わるかもしれないが、それでもいいと思っている。

そういう男だから、プロの女との接しかたにはそれなりの年季は入っているのだが、このジュリのようなごくふつうの娘となると、どうしても勝手が違う。

女性と自然に接することが出来ないのは、母親を早くに亡くし、その後は父親の男手ひとつで兄と弟と一緒に育てられ、中学高校と男子校、大学も体育大で、男が圧倒的に多い合気道部で過ごしたという環境のせいだろう。女性は異星人のようなもので、感情を読めず、何を話していいか分からない。顔を突き合わせるとあがってしまうのだ。

そんな彼を見かねた大学の先輩がソープランドやファッションヘルスなどの風俗店に連れていってくれたおかげで、プロの女性とつきあうのは屈託なく出来るようになった。彼女たちが男に合わせてくれるからだ。だが素人の女性となると、いつまでたってもあがるくせが失せない。

今夜もこうやってベッドインするまでは、自分でももどかしいぐらい、冷や汗をかきながらぎくしゃくと動いていた。そのぎこちなさはベッドのなかで熱い肌を抱くことで、ようやく失せた。

(ここまでくれば、もうプロもアマも関係ない。一匹の牝になってしまえば、どんな女も同じだ……)

ジュリが彼の愛撫にとろけたようになったのを見計らって、おおいかぶせた体を足先のほうへと滑らせるようにして、彼女の下半身に向けて顔を滑らせてゆくと、洗ったばかりの秘毛の奥からは食欲をそそるチーズの匂いがたってプンと鼻をくすぐった。

(うまそうな、いい匂いだ……)

藤太は嬉しくなった。若い女の秘部から立ち上る酸味を含んだ芳香を嗅ぐのも、まさに彼の楽しみのひとつだ。匂いの少ない女体はワサビなしで刺し身を食べるようなものだ。

藤太は若い女のむっちりした腿を左右に分けひろげた。そのつけ根に、ちんまりとした黒い草むらに囲われている女のもうひとつの唇は、さんざん藤太の指で刺激されたおかげで、腹を空かせた赤子のように白い涎を垂らしているように見える。藤太はその部分に唇を押しつけ、匂いを楽しみながら猫がミルクを飲むように舌を使った。

「あぁッ、いいッ……、あうう、感じる！」

ジュリの反応は激しいものだった。尻がシーツの上に浮き、腿が左右から藤太の頭を挟みつける。

ジュリは肉づきがいいから、秘めた部分に顔を埋めている時に腿で挟みつけられると、鼻も口も塞がれて息が苦しくなってしまう。

彼女のヘアーは柔らかくシナシナとしている。舌を使いながら愛液で濡れた指で唇の周囲からアヌスのほうまで刺激してやる。よがり声はだんだん高まり、とうとう、

「あああああ、うーッ、イクッ、もうー……」

太腿にぎゅーッと強い力がこもり、手足の先までぶるぶるという痙攣が走った。性感の豊かな女体は、藤太の愛撫とクリトリスへの舌づかいだけであっけなく最初の絶頂を迎えたのだ。

（よーし、これでこっちのペースだ）

しばらくぐったりして荒い息をついているジュリがようやく我に返るのを待ちかねたように、藤太は自分の股間でズキンズキンと脈打っている肉の槍を見せつけた。その先端からはキラキラ光る透明な液がにじみ出て真っ赤に充血した亀頭を濡らしている。

「口でしてほしいんですか？」

目をぱっちりと開けた彼女はすぐに藤太の意図を察した。看護婦という職業柄、相手の意向に敏感なのだろうか。

「うん、いいかな？」

「いいですよ、気持ちよくしてもらったお返し」

あお向けになった藤太の下腹部にそびえ立っている肉の棒を、片手でガチガチに硬くなった肉根の根元を摑んだ。

「わ、田原（たはら）さん、元気ですね。ビクンビクンいってる」

嬉しそうに笑ってから、おもむろに口をひらき、自分より十歳は年上の、男の器官をほおばった。田原というのは、藤太がメールナンパの賭けをはじめるにあたって自分に付けた仮の名前――ハンドルネームだ。もちろん百足（むかで）退治の伝説で知られた勇士、俵藤太秀郷（たわらのとうたひでさと）の「藤太」にかけてある。ジュリというのも本当の名前ではないだろう。

「お、うう……」

温かい唾液に満ちた口腔にすっぽり咥えこまれた藤太は天を見上げて呻いた。濡れた甘美な感触が肉の槍を包んだ。

「うまいね、ジュリちゃんは……。ああ、すごくいいよ……、ううッ」

藤太は感激はすぐ声に出すことにしている。自分の行為に反応を示してくれると嬉しいのは男も女も、アマチュアもプロも変わらない。

ややオーバー気味にでも快感を味わっていることを伝えてやると、ジュリはさらに熱心に舌を使いながら頭を上下に動かした。その緩急のつけかたが藤太を感心させた。

(この前の女はひどいブスでマグロだったからな。天と地だ……)

昨日、ようやくデートにこぎ着けた人妻と比較してしまった。

その女はヤリモク系——即セックスが可能な相手を見つけるのが目的のサイトで、藤太のボックスにメールしてきたのだ。

「待ち」——こちらがメッセージを発信して受け手がかけてくるのを待つ立場で向こうからメールで面接に誘ってきたから、藤太は喜んだ。それが初めてかかった〝獲物〟であったから、勇躍して渋谷駅へ出向いたのだが、五分遅れて彼の前に立ったのは、最初言われていた美人タレントとは似ても似つかない肥満体の、ひねくれたような顔をした熟女だった。

「三十五、ちょっと年増なの」というのはサバの読みすぎで、実際は五十に近いのではないかと思うほど、肌はたるんでいた。

（こんな女では、やるだけムダだ……）

すぐ逃げだそうと思ったのだが会話の成り行きで逃げるに逃げられず、藤太は彼女と道玄坂のラブホテルに入るはめになってしまった。

彼の愛撫が何か気にいらなかったのか、その女は途中でまったく反応しなくなり、どんなブスでもそういうことにならなかった藤太も萎えてしまい、結局イケずじまいだった。

もちろんせっかく買ったデジカメの出番もなく、気まずい思いのまま別れたが、彼女の姿が見えなくなった時、藤太は心底ホッとしたものだ。

しかし女を引っかけるという目的を果たせず、完全な失敗に終わったことは、「やっぱり自分には、素人の子を口説くネットナンパは無理だ」と思い知らされることになり、しばらくはがっくりと落ち込んでしまったものだ。

今日もまた、とんでもない女が来るのではないかと心配だったのだが、待ちあわせ場所に現れたジュリは、藤太を安心させるような笑顔と態度の娘だった。

（昨日の女とは天と地ぐらい違う！）

安堵した藤太が、今度は自分が彼女の審査にパスするかを怖れながら、おそるおそる、

「じゃあ、お茶でも……」と言うと、驚いたことに彼女は、真剣な目つきで初対面の年上の男をヒタと見つめ、

「田原さんがイヤでなければ、時間を節約しませんか。私はＯＫです」

と言ったのだ。

藤太にとって一番苦手な〝面接〟をすっ飛ばしてラブホテル直行という、願ってもない展開で、いま彼女は、彼の股間で欲望器官を口に含み、舌をからませてまるで美味なアイスキャンデーでも楽しむように、顔を上下させてくれている。

（この子、おれのことをひと目見ただけで信頼してくれたのだろうか、それともそれだけセックスがやりたくてたまらなかったのだろうか？）

そのことを話す間もなくベッドインして、相手の情報がほとんど得られないまま、藤太はもう欲望の限界にまで煽(あお)られている。風俗店のベテランにかかっても泰然として応じられる藤太にしては、珍しいことだ。

（やはり素人娘だというだけで新鮮な興奮を味わえてるのかも……）

藤太はジュリの頭を押さえて唾液で濡れた肉のピストンをズボッと引き抜き、体を入れ替えた。

「ジュリちゃん、はめさせてもらうよ……」

「はい、じゃあ」

ジュリは枕元に用意してあったコンドームの袋を破き、薄いゴムの被膜を、いきりたち青筋を立てている肉槍の穂先にかぶせた。ムダのない手つきは、やはり介抱する看護婦を思わせるのだ。

「いくよ」

藤太はあお向けになった全裸のジュリの、両足を自分の肩に載せるようにして体を覆いかぶせていった。必然的にジュリの裸身はジャックナイフのように尻を上に向ける形で二つ折りになった。下つきの女性の場合はこうすると子宮口まで深く挿入できる。片手を添えて先端を濡れ濡れの秘唇へとあてがう。

「う……」

力をこめて先端に体重のすべてをかけるような気持ちで、さらに体を前倒しにする。ジュリが眉をひそめるようにして呻いた。藤太は入口の粘膜がきつく抵抗するような感触を覚えた。愛液がこれほど溢(あふ)れているのなら楽勝だと思ったのに。

「あの……クリで一度イッちゃうと、そのあと、絞まるんです」

藤太が挿入に手間取っているので、ジュリは彼の顔を見上げながら、言いわけするような、すまなさそうな表情で告げた。

「うん、確かにきついね。一瞬、処女かと思ったよ」

藤太が言うと、白い八重歯を見せて笑った。

「ゆっくりはめてゆくからね。ラクにしていて」

汗の浮いた額や鼻の頭にキスしてやりながら肉の槍で粘膜の関門をこじあけるようにする。

「う、うッ……」

注射を恐(こわ)がる幼女のように目を閉じ、顔をそむけたジュリが唇を噛んだ。

ぐぐぐ。

ずぶずぶ。

藤太の熱い分身器官が、ジュリのもうひとつの肉の唇を分けてめりこんでいった。

熱い肉と肉が繋(つな)がった。

「あう、うー、む、む!」

ジュリが呻きながら頭をのけぞらせたので喉首が藤太の眼下にさらけだされた。藤太は少し進んでは一度止まり、抵抗の具合を確かめるようにして、それでも強い意志を伴いながら柔らかい肉を貫いてゆく。ジュリの両手が藤太の二の腕を摑み、ギュウッと力がこもる。

「入ったよ、ずぶりと。根元まで串刺しだ」

藤太が説明した。彼の顔や胸からの汗が無防備なジュリの喉もとに、ピンク色に染まっている乳房の丘に、ダラダラ、ボタボタとしたたり落ち続ける。

「ああ、嬉しい……」

　ふッと笑みを浮かべてジュリが答えた。これで彼女が、いま藤太とのセックスを心から楽しんでいることが分かった。自分の体を開いて勃起した男の肉根を深く子宮まで受け入れることで満たされる喜びは、女にしか分からない。それでもジュリの満足した嬉しそうな表情と声だけで、藤太も嬉しい気持ちになるのだ。

（やっぱり、はめるまでがセックスの醍醐味だよな……）

　肉の槍を根元まで埋めこんで、柔襞をもつ粘膜がひくひくと蠢きながら締めつけるきつい感触を楽しみ味わいながら、藤太はそう思った。

　まだ彼の理性はとろけるところまで行ってない。料理を前にした美食家が舌なめずりしながらナイフを刺したところだ。

（さあ、いただくぞ）

　藤太はまつわりつくような動きに逆らって腰を引くようにした。

「あう、うふうう……」

　彼の汗を受け、自らもねっとりと脂汗を浮かせているジュリが背筋を反らせ、喉の奥から獣めいた声が吐き出される。藤太は思った。

（いいぞ、この反応は。間違いなくかなり感じている）

熱い液で満たされた感じの肉壺。その奥まで高ぶりきった肉の槍を突き込んだ藤太は、おもむろにピストン運動を開始した。

最初は下腹を相手に密着させる力を強めたり弱めたりする程度の、非常にゆっくりとした運動だが、やがて抜き差しの度合いを大きくしてゆくと、往復のたびに粘膜がこすれあう、淫らな濡れた音がしはじめる。

ズボッ、ヌチャッ！

グチュ、ブチュッ！

怒張した肉槍で串刺しにされた女体が、強く突かれるたびに、

「あ、う……ううッ、いい、あう……」

ジュリの口からは呻き声が吐き出された。それは苦痛を訴えるようでいて、実際は激しい快感を表現しているのだ。

その証拠に、のしかかっている藤太の体に、汗まみれの肌を押し付けるようにしてしがみつき、彼の腰の動きに合わせて自分の下腹をリズミカルに突き上げてくる。男を受けいれながら女体はさらに強い刺激を子宮に求めているのだ。

「あうッ、うう、うッ」

「おう、うう、むうッ」

いつしか藤太も唸るような吠えるような、獣めいた声をあげて腰を使っていた。

二人の重みを受けとめているベッドのスプリングがギシギシと軋み、下腹部の肌と肌が打ち合わされるたびにパンパン、ピタピタという音も立った。

藤太のふくろが振り子のように揺れて、ジュリの秘器とアヌスの間にまるでボクシングのパンチングボールのように当たっている。

「ひッ、いいい、うあぁー！」

ジュリのよがり声がいちだんと甲高くなってきた。

（いいぞ、すごく感じてきた……）

藤太は抜き差しのたびに女体の締めつける快楽に酔いながら思った。

男の器官が女の体にはめこまれ、ピストン運動が激しくなると、それはダンスに似てくる。

男がリードし、女がそれに従うセックスの舞踏だ。藤太はただ一方的に単調に突きまくるようなことはしない。時に強く深く、時に弱く浅く、突く方向も変え、時には動きをまったく止めたりもする。

じらされた女が悲鳴のような声をあげて、自分から激しく体を動かすよう誘いかけるのも楽しいものだ。

この段階になるとジュリは藤太の技巧にまったく翻弄されて、快感はどんどん高まってゆくばかりだ。

(こうやって楽しめるのも、この子がよく感じるタイプだからだ)

腰を使いながらも藤太は感心していた。もはや何をしてもジュリは強い快感を味わう状態にまで達していて、絶頂にいたるのは時間の問題だった。

「よし、ジュリちゃん、イッてもいいぞ」

見はからって深い一撃を浴びせると、待っていたかのように、

「ああ、あうう、イク、イクーッ!」

絶叫をほとばしらせ、背筋がギュンとそり返った。

グググ、とペニスがきつく締めつけられる。

(こ、これはすごい……。名器だ)

藤太もたちまち悦楽の最高点に導かれてゆく。

組み敷いたしなやかな裸身がまな板の上の活魚のようにビンビンと暴れ、彼の首に巻きつけたジュリの腕が、バカ力で締めつけてくる。息ができないほどだ。

「イク、イク、イッちゃうう、ああ、あああー!」

叫んで暴れまくる女の肉体深く、藤太は男の激情を爆発させた。獣のように吠えながら射

精した。

「おお、おうーッ……！」

藤太の頭の中が真っ白になり、腰骨のところで熱いものが砕け散るような衝撃を感じる。

ドクドクッ。ドビュ。

熱い男のエキスがペニスをうち震わせながらすさまじい勢いで、断続的に噴射されてゆく。

実際は薄いゴムで遮られているのだが、男の意識のなかでは、噴きあげたものは女体の子宮を直撃している。

ほとんど同時に絶頂に達した男と女は、唸り悶え、唇を重ねつつ、長いこと結合したままでいた。いや、最後の一滴まで放出し終えた藤太が、自分の分身を引き抜こうとすると締めつけてくるので、離れられないのだ。意識してのことではなく、ジュリの性愛器官が勝手にそう反応するのだ。

（もう一ラウンド、欲しがってるみたいだな）

藤太も、この美味な肉体をもっと楽しみたかった。

「はあ、はあ、はあ……」

汗に濡れ、まだ放心状態でしがみついているジュリの耳に藤太は囁きかけた。

「ジュリちゃん。きみの体はすばらしい。とても気持ちよかったよ」

薄目を開けて、看護婦だという娘は年上の男を見つめ返した。あの菩薩のような微笑が浮かんでいる。

「田原さんもよかったですか？　私、すごく感じちゃいました。こんなにメロメロになったのは初めてです……」

「だったら、もう一回楽しもうか」

ジュリは考えるような表情になった。枕元にある時計に目をやってから答えた。

「ちょっと時間が……」

帰宅の電車の時間を考えると、それだけの余裕はないらしい。藤太はガッカリした。ここで別れたら、また会えるという保証はない。それが携帯ナンパで出会ったセフレの掟だ。

「そうか、もう帰らなきゃいけないのか……」

ジュリともう一戦交えれば、雰囲気はもっと親密になって、これからしなければならない、難しい頼みごとも受け入れてもらいやすい。そう考えていた藤太は気落ちしてしまった。

「あの、私、シャワーを浴びますから……」

ジュリがベッドから裸身を起こしたので、藤太はあわてた。バスルームから出たらすぐ服を着てしまうだろう。このチャンスを逃したら元も子もない。

（ええい、当たってくだけろだ！）

思い切って言ってみた。

「ひとつだけ頼みがあるんだけれど、聞いてくれないか？」

「えッ、なんですか？」

けげんそうな顔をする彼女の目の前で、藤太はベッドの近くに置いてあったカバンからカメラを取りだした。買ったばかりのデジカメである。ここ数日、説明書と首っぴきで操作を覚えたばかりの代物だ。

「これでツーショットの写真を撮らせてくれないかな。出来たらそのままで……」

今夜、初めて会ってベッドを共にした相手から、いきなり思いがけないことを言われて、ジュリの丸い目が倍にも大きくなった。愛らしい顔に怯えの色がサッと浮かんだ。

「一緒の写真……？　ヌードで？　バカなこと言わないでください！」

あわてて素肌にシーツを巻きつけ、ベッドから飛び降りた。

「こんなところで、私の顔が写ってるヌードなんて、とんでもありません！」

硬い表情で下着を身に着けようとするジュリ。

ナンパした女性のワイセツなヌードをネットで販売したり、それをタネに恐喝するなど、カメラがからんだ犯罪はよく報じられる。ジュリでなくても不信感を抱くのは当然だ。

「ま、待ってくれ！」

藤太はパンティに足を通そうとする娘に叫んだ。

（どうしても、この子と一緒の写真は欲しい！）

ここで失敗してしまうと立ち直れないような気がする。藤太はますます破れかぶれの気持ちになった。

真っ裸のまま床に飛び降りると、ジュリのまん前にガバッと体を倒した。大の男が土下座したのだ。

「ごめん、驚かせて悪かった。謝る。ただ、どうしてこんな頼みをしたのか、それだけ説明させてくれ！」

第二章　美女狩り指令

自分より十歳は年上の男が、いきなり目の前でカエルのように這いつくばって頭を床にこすりつけ、哀願する——そんなことは生まれて初めてのことだったに違いない。ジュリは手にしたパンティに足を通すのも忘れて立ちすくんだ。

「田原さん、いったい、どうしたんですか……？　ともかくやめてください、そんなこと……」

藤太はここでもうひと押しすることにした。

「いや、話を聞いてくれなければ、このまま土下座し続ける。お願いだ」

性格の悪い女だったら、「あら、そう。好きにすれば」と言い捨てさっさと服を着て出て行っただろう。

幸い、ジュリはそんな女ではなかった。ヌードを撮る撮らないでこんなに懇願する男にどんな問題があるのだろうか、好奇心もそそられたようだ。

「いいわ、話だけなら聞いてあげます」

ホッとして藤太は顔をあげた。

「ありがとう。決してきみに何か悪いことを考えているわけではないんだ。ただ証拠が欲しいんだ。そのためのデジカメなんだ」

いったん小さくなった目がまた大きく開かれた。

「証拠ぉ……!? 田原さん、探偵かなにか?」

藤太はまたあわてた。必死になって言葉を探す。

「い、いや、違う、違うよ。うーん、むずかしいな」

ともかく自分のことを信用させないとダメだと気がついた。藤太は真っ裸のままクローゼットに走ってゆき、背広のポケットから財布をとりだした。

「実は、ぼくはこういうものだ。田原というのはハンドルネームでこれが本名」

会社の名刺を手渡した。

ジュリはまじまじとそれを見つめ、口に出して読んだ。

「ブルゴン商事食品部営業一課、課長補佐、仙石(せんごく)藤太……」

大急ぎで備えつけのバスタオルを二枚持ってきた藤太は、一枚を彼女に渡し、自分も腰に巻いてからベッドの端に腰を降ろし、なぜ彼女のヌード写真が必要なのかを説明にかかった。

「名刺で分かるようにぼくは商事会社で働くサラリーマンなんだ。ところが機械とかメカニズムというのが苦手な性分でね、パソコンはもちろん、スマホどころか携帯電話もまだ使いこなせないんだ。このスマホからメールを打てるようになったのは、つい三日前なんだよ」

「えーッ、信じられない。そういえば……確かにメールのレスが遅いなとは思ったけれど、そうなんですか……」

どうやらジュリは、藤太の真剣な態度と率直に告白する内容に気を許したらしい。口調が柔らかくなった。ようやく身に着けたパンティ一枚の姿にバスタオルを巻き付け、ベッドの端に腰を降ろして耳を傾ける姿勢になった。

（よし、もうひと息だ）

こう見えても営業マンとしては十年選手なのだ。藤太は説得する自信をとり戻した。

「そうなんだよ。そのおかげで、上司ととんでもない賭けをしてしまって、いまぼくは追いつめられているんだ」

「えー、賭け、ですか？」

「うん、賭けは賭けなんだけど、負けるのが決まったような賭けさ。上司というのは社長の息子なんだよ。ぼくはそいつに睨（にら）まれてるんだ」

タオル巻きの姿でいる若い看護婦は、いまさっき自分を何度もイカせてくれた年上の男の話に、ついつい引き込まれて体を乗り出すようにしてくる。

「その上司は竹中虎二(たけなかとらじ)という名で、社長の息子なんだ。父親が虎造(とらぞう)なものだからゴマすりの側近たちは〝若虎(わかとら)〟って呼んでいる。でもぼくは〝バカ虎〟って呼びたい。あまりにもバカなことばかり言ったりしたりするからね。社長の息子だから三十五で常務なんてやってるけど、他の会社だったらとっくにクビになってるよ」

――藤太は入社した時から、三歳しか年上でないのに、すでに部長だった竹中虎二と肌が合わないものを感じていた。そういう感情はすぐに相手に伝わってしまうもので、当然ながら彼とは仕事上のことで衝突することになり、感情的な対立はずうっと続いている。

それでも藤太が平気でいられたのは、大きな得意先を数社、がっちり押さえていたからだ。彼は誠実で実直な営業マンであり、現在の社長である竹中虎造に早くに認められて、藤太は彼の特命を受けて特別なプロジェクトのリーダーになったことも何度もある。

まあ、おかげで彼は派閥としては社長派と目されているのだが、彼の胸中には社長に認められて出世競争の階段を駆けあがろうなどという気は毛頭ない。

自分自身、叩きあげの営業マンだった虎造が、現場の営業マンの意向を重視してくれる、その意気に感じているだけなのである。

ところが、虎造社長はこのところ体調が思わしくなく入退院を繰り返している。おそらく次期の株主総会を前に社長の座を息子に譲り、自分は会長になるだろうと思われている。社内の権力構造は、それを前提に動き出している。現社長派の大勢は虎二常務に靡（なび）きはじめて、虎造に忠誠を尽くすというのは、古参の役員二、三人ぐらい。もう常務派でなければ人にあらずという風潮になっている。

社長の座を目前にしている虎二は大学では情報工学を専攻したというだけあって、昔ふうのウエットなビジネスのやりかたを嫌い、利益があがるなら長年の得意先を切って今までの敵と手を組むのも意に介さない、ドライな方針でビジネスを推し進めている。

「この会社は今までのような古い商売のやりかたから脱皮しなければいけない」と、何よりもＩＴ革命を重視しているところなど、どこかの首相とそっくりである。

その社内ＩＴ革命に抵抗しているただひとりの男が藤太なのだ。

社員全員にスマートフォンが義務化されるようになり、報告書はワープロで書けとか、スマホはどんなときでもオンにしておけというような命令は平気で無視してきた。必要な時は部下のＯＬにパソコンを操作させ、スマホはただ外から社にかける時だけ使い、サボる時はオフにしていた。もちろんスマホでメールなどしたこともない。

パソコンのキーボードもろくに触れないのだから当たり前といえば当たり前だ。

「よく、それで通せますね。私たちは病院内では発信電波の関係でふつうのスマホは持てないんですが、全員ポケベルを持たされて動き回ってますよ」

ジュリは呆れたような顔をして言った。藤太は反省するように頭をかいた。

「単に機械オンチの開きなおりなんだけどね、パソコンとかインターネットとか、そういう血の通っていないようなものを重視するように思えて、どうも彼のやり方についてゆけなかったんだ。そういうおれの態度が、デジタル人間派のバカ虎にはおもしろくなかったのは当たり前さ。いつかそのことでやっつけてやろうと、考えていたに違いない。そして先週……」

セックスの後の裸身にタオルを巻きつけただけのジュリ。藤太は新たな欲望が湧き起こるのを覚えながら、自分の苦境を説明した。

「新しい得意先を開拓するプロジェクトがスタートして、それはぼくがずっと担当していた分野だから、当然ぼくがリーダーになると思っていた。ところがバカ虎常務は、ぼくを外したんだよ。当然、ぼくは会議の席で文句を言った。そうしたら彼はこう言うんだ」

——次期社長の座は確実だという竹中虎二は、冷ややかに言い放ったのだ。

「何度も言ってるように、もう足で得意先を回る営業マン、それもおまえのような一匹狼の時代じゃない。デジタルネットワークを活用した機動力でチームが一丸となって仕事をしてゆく時代に、おまえはスマホもろくに扱えないそうじゃないか。そういう人間に新しいプロジェクトを任せるわけにはゆかない」

それを聞いて藤太は、思わず怒鳴ってしまった。

「冗談じゃない。スマホぐらいのことでぼくを干す気ですか。スマホなんていくらでも使えますよ」

藤太はひそかに〝バカ虎〟と呼んでバカにしているが、見た目は有能なヤングエグゼクティブに見える若い常務は、キラリと目を光らせた。

「ほう、キミはいつも『メールで用をすますようなやつの気がしれない』とバカにしているそうではないか。メールも打てないんだろう。もちろんメールナンパも無理だろう」

挑発だと気がついてもよかったのに、藤太はつい反発して言ってしまった。

「なあに、メールぐらい打てます。女だってナンパできます!」

若い常務はフフンと鼻先で嗤って、おどけた顔をして言った。

「単なるナンパなら豚でもできる。これから二週間の間に十人の女性を、ネットだけでナンパする。つまりセックスまでもちこむ。そういうことが出来るか」

「おお、出来ますとも」

「賭けるか」

「賭けてもいいですよ」

行きがかり上、藤太は胸を張ってそう答えてしまった。そのやりとりは周囲にいた何人もの同僚が聞いている。ここで引っ込んでは男がすたる。

虎二常務は冷笑を浮かべて言い放った。

「そこまで自信があるというなら、これを賭けにしよう。もしキミが賭けに勝ったら希望どおり、このプロジェクトのリーダーにしてやろう。もし負けたら……キミは待機室に行ってもらう」

それを聞いて藤太は耳を疑った。「待機室」とは早く言えばリストラ対象者が送りこまれ、解雇辞令を待つ部屋だ。つまりスマホのメールナンパしだいでクビになってしまうのだ。

しかも常務は用心ぶかく三つの条件をつけた。

「第一に、金でウンと言わせるエンコー希望の女はダメだ。第二に、テレクラやPCを使った出会い系でのナンパも禁止。スマホを使いこなせるということにはならないからだ。これは毎日、きみのスマホからログを抜き取らせてもらってチェックする。そして第三は、確かにやったという証拠の写真を撮ってくること。ベッドでヌード。これが写真の最低条件。そうだな、女があまりにもブスだったらゲット・カウントには入れない。こんなものでどうだ？」

藤太は引くに引けないところに追い込まれてしまった。

「分かりました。十人とやればいいんでしょ。ええ、やってやろうじゃないですか！」

と、胸を叩いて宣言してしまったのだ。

「……というわけなんだよ」

耳を傾けていたジュリの、さっきまで藤太のペニスを咥えこんでいたふっくらした唇が、パカッと開いた。

「えーッ、そんな条件で賭けをしたんですか」

彼女の表情から、そんな賭けに勝つのは難しいと思っていることは明らかだった。誰から見てもどこから見ても、藤太はスマホを駆使するメールナンパに向いているとは思えない。

藤太は力なく肩を落として頷（うなず）いた。

「向こうはぼくをかねてからリストラしたがっていたんだな。賭けなくてもクビになる運命だ。こうなったら十人をなんとかゲットするしかないんだが……」

ジュリが心配そうな顔になって尋ねてきた。

「それで、私で何人めなんですか？　期間はあと何日あるんですか？」

ジュリの質問に、藤太はますます情けない顔と声で答えるしかなかった。

「それが……、賭けをはじめたのは四日前で、それからスマホを使いこなし、メールを打つ猛練習をしながらサイトをいろいろ巡っていたんだけれど、初めてゲットに成功したのは昨日なんだ」

「ということは、私が二人めということ？」

「いや、それが……。昨日のはどう見ても五十歳ぐらいのデブスおばさんで、とても写真を撮らせてくれと頼む気にもならなくてね……」

ジュリは驚いて悲鳴のような声をあげた。

「ひえーッ。じゃあ、私が二人めだけど最初なの？」

「もし、写真を撮らせてくれたらね」

「でも、残り十日しかないんでしょう？　まだ私ひとりというのは……」

床に座りこんでしまった藤太はガックリと肩を落としてみせた。

「ダメだろうな……。ネットでナンパなんておれには無理な賭けだったんだ。この四日間でしみじみ思い知らされたよ。誰もハナもひっかけてくれないんだから。でも、最後までやるだけはやってみようと思うんだ。何もしないでクビになるのもしゃくだからね。少なくとも携帯でメールを打つのだけは上達するわけだし」

ジュリはタオル巻きの姿で膝を抱え、頭を膝がしらにつけるような考えこむ姿勢になった。

「だから、もう、無理なお願いはしないよ。キミがＯＫしてくれても、ぼくがクビになることは変わらないんだから」

「だめよ、諦（あきら）めちゃ！」

ふいに顔をあげた娘は、かわいい顔をきりりとしかめてみせた。立ち上がってバスタオルをぱっと投げ捨てた。下腹の白い肌に黒いヘアーが目にしみるようだ。

「いいわ、撮らせてあげる！」

二十二歳のみずみずしい、ふくよかな裸身を年上の男の前にさらけ出して、現役の看護婦は励ました。

「私がゲットできたんだから、明日はまた誰か、明後日もまた誰かをゲットできないことはないでしょう。一日ひとりゲットで賭けは勝てるじゃないの。私が最初だというのも何かの運命よ。さあ、撮りましょ、そのデジカメで」

藤太は、自分がそう思うように演技してみせたのだが、ジュリという娘がその気になってくれたことがにわかに信じられなかった。

「えッ、いいのかい、本当に……？」

「本当よ。袖すりあうも多生の縁というじゃないですか。どういう意味かは分からないけど、要するに私たち何かの縁でここにいるんだから、私が何かの役に立つのなら立たせてください。でも撮った画像は悪用しないでね」

「うん、もちろん悪用なんかしないよ。バカ虎にはカメラだけを見せる。見せたあとは消すことを約束する！」

ジュリが撮影をＯＫしてくれたことで、意気消沈していた藤太は、がぜん元気をとり戻した。

少なくともこれで、全打席空振り三振という惨めな記録からは逃れられる。

藤太は素っ裸のジュリをベッドに上がらせ、部屋の机を動かして適当な位置にデジカメを置いた。

カメラの電源を入れると液晶画面に若い娘のヌードが華やかに映しだされた。ジュリはさすがに緊張した顔になり、手で乳房と股間を覆っている。

常務が出した条件は「ベッドでフルヌード」だ。一応はクリアーしている。

「タイマーボタンを押したらぼくが隣に行くから、笑って欲しい。そうだね、Ｖサインなんかどうだろう」

「はい、いいですよ」

藤太もタオルをとって全裸になり、セルフタイマーのシャッターを押した。数秒後、ピカッとフラッシュが光り、デジタルカメラはベッドの上で裸のまま肩を並べた男女の姿を記録した。

すぐに画像をチェックした藤太は満足した。

「うん、よく写っている。協力してくれてありがとう……」

「見せてください」

全裸のまま、ジュリも藤太の肩ごしに覗きこんできた。デジカメはこういう時に便利だ。撮った画像をその場で見ることができる。

気に入らなければ消して新しいものを撮ればいい。もちろんDPE屋に持ってゆく必要がないので、どんなにワイセツなヌードでも安心して撮れる。まあ、デジカメの一番のメリットはそれだろう。

ジュリはやや股を広げ、片手で秘部を押さえながら笑顔でピースサインをしている自分のヌードを見て、「きゃー、やっぱり恥ずかしい！」と叫んだものの、まんざらでもない様子で、ためつすがめつして、「よく写ってるじゃないですかー、実物よりもいいんじゃないかしら」と嬉しそうな顔をした。

気が変わって「やっぱり人に見せるのはダメ」と言われるかと思った藤太は、ホッとした。

子供っぽい無邪気な顔をした若い娘は、意外な頼みを口にした。

「顔が写っていなければ、誰のヌードだか分からないですよね。だったらもっと撮ってもいいですよ。……というか、撮ってください」

藤太は驚いた。さっきはあんなに警戒して、いやがったのに、どういう風の吹きまわしだろうか。

ジュリは照れたような顔をして説明した。

「さっきは仙石さんのこと、正体も含めて全然知らなかったじゃないですか。だましてヌード撮ってネットで売る男もいっぱいいるんですもの。カメラなんて持ち出されたら、素人の子はやっぱり逃げ腰になりますよ。でも内心では、ヌード撮られてみたいという気はあるんですよね、女の子なら誰でも……。というのは、すごく解放された気分になるんじゃないかという気がするから。それと、恥ずかしいところを見られることで、興奮もするし……。私だけじゃないと思うけど、露出したい欲望というのは、女の子ならみんな感じると思います」

ジュリがヌードを撮ってもらいたがるというのは、藤太にとって願ってもないことだった。

二十二歳だという彼女の裸身は、生命力が満ち溢れるような、瑞々しいエロティシズムに輝いている。モデルとしては少し豊満かもしれないが、藤太はふっくらムチムチした肉体が好みなのだ。

「だったら顔を隠すポーズで撮ってあげようか。……でもその画像はどうしよう？」

「それはかまいません。仙石さんを信用するから、持っていてください。そのうち画像もメールできるようになるでしょう。その時にもらえれば」

ということは、ジュリは今夜だけでサヨナラというつもりではないようだ。藤太は嬉しくなった。

（この子のようなメル友なら、セックス抜きでも楽しいし、情報を教えてもらうこともできる……）

ジュリのほうはさらに大胆になってゆくようだ。

「顔が写らないならアソコが写ってもかまわないです。仙石さんの好きなポーズをとってあげましょうか」

藤太のほうがたじたじとなるぐらい、被写体になることに積極的だ。

「帰りの時間はいいの？」

「はい、実は、あと一時間ぐらいは大丈夫なんです」

藤太の話を聞いて、彼に対する信頼の念が増したのだろうか、前言をケロリとひるがえした若い娘のヌードを前にして、藤太の分身はいやおうなしに、再びムクムクとふくらんでしまった。

あわてて隆起した股間にバスタオルを巻きつけ、デジカメを取りあげた藤太は、光学カメラでいうフィルムにあたるＳＤメモリーカード——記録装置を交換した。こちらは常務らに見せるものではない。

藤太は、ジュリにもっと過激なポーズをとらせることにした。

「それじゃ、うつぶせになってもらおうか……」

「はい、こうですか……？」

素直に裸身をシーツに這わせる年下の娘。二つの白い丘はまぶしいぐらいに輝いて、殻をむいたゆで卵のようで、全体にかぶりつきたいような食欲をそそる眺めだ。

当然ながら、男としての関心は、二つの肉丘の間にくっきりと刻まれた深い谷間だ。

「もう少し、脚をひろげてみてくれないかな。……うん、それからお尻を少し持ち上げて……」

「わッ、すごいエッチなことを要求するんですね」

口では恥ずかしそうな、抵抗があるような言葉を吐きながら、体は素直に言われたとおりの姿勢をとる。

（う、いい眺め……！）

ふだんは隠されていて、めったに人の目にふれない谷間の底が、いま、年上の男の前にさらけ出された。用途の違う二つの肉穴がまる見えになった。

ひとつはまん丸の形ですぼまっており、周囲はわずかにセピア色がかっている。

もうひとつは唇に似たふくらみに挟まれた縦長の亀裂で、黒い秘毛に囲われている。いましがた藤太の肉槍を受けいれ、思うぞんぶんに突きまくられた部分からは、一度拭（ぬぐ）ったはずなのに薄い白い液が溢れてきて、周囲のピンク色の粘膜をキラキラと輝かせている。

藤太はその部分にレンズを向け何度もシャッターを切った。

「あ……ん」

フラッシュを浴びるたびにビクンビクンと震える。撮られることに激しく興奮しているのだ。

（これは、たまらん……）

何枚かシャッターを切った藤太は、自分の体のなかで欲望の炎がごうごうと燃えさかりだしたのを覚えた。

にわかカメラマンの彼の前で、言われるままに淫らなポーズをとり、性器から肛門までをさらけ出している若い娘の肢体に、萎えていた男の器官は再び力を甦らせ、強く勃起している。

「ジュリちゃん、できたらフェラをしているところを撮りたいんだけど。こうやって鏡に映して」

とろんとした目つきになっている若い看護婦は、もう恥ずかしがることも忘れていた。

「フェラですか。いいですよ」

ベッドの上で仁王立ちになった藤太は、膝で立ったジュリの顔の前で股間を覆っていたバスタオルを外して捨てた。

「うわぁ、もうこんなにビンビン……。仙石さん、すごい」

充血して赤黒い穂先を天井に向けた肉槍を見て、ジュリは目をみはり、嬉しそうな声をあげて、根元を握りしめてきた。

「……」

再び、藤太は熱い唾液で満ちた口腔に呑み込まれた。舌が亀頭を舐めまわし、歯が軽く肉幹に嚙みついてくる。両手が巧みに動き、睾丸(こうがん)が優しく掌(てのひら)で包みこまれ、揉まれた。

「お、ううう……」

ぴちゃ、ぴちゃ。

ちゅうちゅう。

チュバ、チュバッ。

濡れた音をたてて桃色のふっくらした唇が吸いつき、彼の脈動する肉を喉の奥まで呑み込んでゆく。

(この子、かわいい顔をしながら本当にフェラがうまい。誰が教えたんだ？)

そんなことを感じながら、唇、舌、歯、口腔粘膜、そして掌と指による奉仕の行為を堪能した藤太は、鏡に映る自分たちの姿を何枚か撮影したあと、カメラを捨てた。

「ジュリちゃん、もう一度、犯してやる」

藤太の筋肉質の体に組み敷かれ、焼けるように熱く、鉄のように硬く、ビクンビクンと力強く脈動する獣欲の器官をあてがわれたかわいい娘は、自ら股を大きく開き、尻をシーツから浮かせるようにして叫んだ。

「犯してください、思いきり！」

強い殺意さえ秘めたような肉の槍がしとどに濡れた肉の洞窟をひと突きで抉(えぐ)りぬいた。

第三章　愛液まみれの柔襞撮り

翌日、昼休みになると藤太はさっそく隣の営業三課にいる下村光男（しもむらみつお）のデスクに向かった。

下村は藤太と同期入社で、早くから竹中常務の派閥に入って順調に出世した。藤太がまだ課長補佐で、ときどきプロジェクトリーダーを命じられるぐらいのランクなのに、彼は実質的な課長級である統括リーダーとなっている。かといって藤太と仲が悪いわけでもない。お互い、相手の仕事ぶりには一目を置いているという関係だ。

その下村が、奇妙な賭けの審判役なのである。

「スマホナンパだけで二週間に十人の女をモノにする」という賭けは、藤太の側がズルをしようとするといくらでも勝てる。

デートクラブの女や援交目的の女性を金でウンと言わせれば、デートするのも、デジカメ写真でヌードを撮るぐらいも簡単にできるだろう。竹中はそういうズルを防ぐための方策としてジャッジを置くことを提案した。

つまり藤太が不正しないよう、三つの条件――スマホだけでナンパする、援助交際など金で誘わない、証拠写真を撮る——をきちんと守ったか、それを判定する役だ。

下村は竹中の忠実な部下であるばかりでなく、パソコンなど情報機器の扱いにも詳しいのが、審判役に選ばれた理由だろう。

スマホだけで、しかも金銭をちらつかさないでナンパしたかは、スマホに残っているメールの交信記録——ログで一目瞭然だ。毎日、そのデータをパソコンに抜き取ってチェックすれば、それ以外の手段でナンパした女は使えない。援助交際をチラつかせたかどうかのチェックにもなる。

そんなわけで毎日一度は、藤太は下村に自分のスマホを渡さねばならないのだ。

下村は、これまで四日間の、藤太がせっせと励んできたナンパ活動のすべてを読んで、藤太の成果がまるでゼロなことを知っている。

特に一昨日の三日目、ようやくゲットできた女の記録はあるのに、藤太は証拠写真を提出しなかった。彼の口から、彼女は目もあてられないデブスで、デジカメで彼女の姿を写す気にもならなかったということも聞いている。それは当然、竹中に伝わっていることだろう。

藤太にしてみれば屈辱きわまりないが、それは仕方がないことだ。

下村は、賭けがはじまる前から、この賭けは藤太の一方的な敗退に終わるだろうと確信しているらしい。ところが今日は、藤太の顔つきが違うのに気づいて、眉をはねあげてみせた。

「その様子だと、ゲットできたみたいだな？」

藤太からスマホを受け取りながら尋ねてきた。

「まあね。ともかく一機撃墜だ」

「それはよかった」

彼はパソコンと繋ぎ、すばやく藤太のスマホからログデータ——交信記録をパソコンへと転送した。画面に表示されたログからジュリという女の子をゲットするまでのやりとりを読んで、取り決めに違反した言動がないことを確認した。

藤太は何が何だか分からない。ただ感心して眺めているだけだ。下村は彼と違ってパソコンに詳しく、情報収集能力にたけている。竹中常務が彼を信頼するのも、その能力に対してだ。

ログを読み終えた下村は、次にデジカメを受け取った。その液晶画面に、昨夜撮った、ジュリと自分の全裸ツーショットを表示させて注意ぶかく眺めた。

それは藤太が土下座までして撮らせてもらった苦心の末の画像なのだが、そんなことは下村に分かるはずもない。もちろん、約束どおりに証拠写真以外の画像は別の記録装置——メモリーカードに保管して、それは見せはしない。

「なるほど、これが第一号か。ほうー、よく撮れてる。なかなかかわいい子じゃないか。おっぱいもでかい」

下村は感心してみせた。

「よし。それじゃ常務に報告しよう」

藤太は下村と一緒に常務室に行った。

藤太がひそかに〝バカ虎〟と軽蔑している男は自分の席で藤太の持ってきたデジカメの画像を見た。

藤太と看護婦ジュリが全裸で、カメラに向かってピースサインをしている。間抜けといえば間抜けな画像だが、竹中は額に縦皺を刻むようにしてジュリに視線を集中させた。

「ふうむ、これが初めてゲットできた子か……。ちょっと肉がつきすぎているんじゃないか……」

「でも常務。かわいい顔してるじゃないですか」

「デブじゃないですよ、ほら、ウエストだってちゃんとくびれてる」

白昼のオフィスで大の男が三人、それを眺めて品定めの言葉を交わしている。

(なんとバカバカしい光景だ……)

藤太はそう思ったが、口には出さなかった。思慮が足りなかったと反省はしているのだが、自ら望んで受けた賭けなのだ。

ワンマン的傾向の強い上司は、下村の報告で藤太がズルをしていないことを確かめてから、総革の椅子にそっくり返るようにして、横柄な態度でうなずいて見せた。

「分かった。じゃあこの女はカウントしていい。第一号だな。だとしてもあと十日しかないぞ。その間に残り九人をゲットできるのか？」

薄く笑いながら、一見、思いやりを与えているのだという口調で話しかけてきた。

「仙石、悪いことは言わない。『負けました』と言えばクビにはしない。待機室送りは勘弁してやる。深川の商品管理課へ移動ということですませてやる」

竹中は自分の父親が目をかけてきた藤太がどうにも目ざわりで仕方がない。ともかく営業本部から追い出したいのだ。

(言うとおり、ここで白旗をあげるか……)

一瞬、藤太の気持ちがぐらついた。クビになるよりはマシかもしれない。だが、女を対象にした賭けに負けて商品管理課――つまり倉庫番になったと知れたら社員の笑いものにされるだろう。それは彼のプライドが許さなかった。

「いえ、ともあれ最後まで全力を尽くしてみます」

「だったら精々がんばることだな。十人に達しなければキミの席はなくなる」

傲慢な上司は冷酷な顔に戻って、冷ややかな言葉を叩きつけてきた。その声を背に藤太は常務室をあとにした。

「仙石。おまえも強情だな。常務がせっかく恩情を見せてるんだから、頭を下げてしまえばいいのに」

　廊下に出ると下村が呆れたような声で言った。

「それが出来ないんだ」

「そうだろうな。おまえのそういう気質を読んで、常務はこんな賭けを挑んできたんだから」

「それはどういう意味だ」

　つい気色ばんでしまった藤太をなだめるようにして同僚は説明した。

「おまえはバカ正直な男だから、最初っから読まれているんだよ。スマホでナンパするにはいろいろウソをつかなきゃならない。それはおまえも分かってるだろう？」

「うん……、まあな」

　藤太はうなずいた。彼も賭けがはじまるとすぐ、ネットでナンパを目的とした男たちのための雑誌を買って、やり方を学ぼうとした。それらから得たものは、〝女をゲットするにはウソ八百をならべること〞という大前提だった。

《三十二です。大きくもない会社のしがないサラリーマンです。そんなに男前じゃありません。精力が強いのとあそこのサイズだけはとりえです。風俗が好きで、金は全部そっちにつぎ込んで、恋人も家もクルマもありません……。こんな男でよかったらデートしてくれませんか》

藤太が自分についてこう書いたとしたら、真実であればあるほど、女たちは見向きもしない。

ネットナンパの世界では、男も女も、いかに自分をスマートに魅力的に思わせるか、ウソを並べたて相手を錯覚させ、デートに持ち込むか、それが常識の世界なのだ。

藤太は子供の頃から心にもないことを口にするのが苦手だった。営業マンとしてやってこられたのは昔気質(かたぎ)の顧客と今の社長に、朴訥(ぼくとつ)な誠実さを見込まれたからだ。そこが巧言令色を好む竹中の憎むところでもある。

口べたである藤太は、いくらメールでもウソが書けない。

ネットナンパでは、男はあまり若くても、オジサン年齢でもダメだとされる。一番いいのは二十八歳前後。サラリーマンと明かすのは、よほどの有名企業でないかぎりバツ。実業家を思わせる自営業とか、プログラマーとか、そういう職業を名乗るのがいい——ナンパのベテランたちはそう指南している。

あるベテランはこうも言っている。

《ナンパされたがる女たちは夢を見たがっている。そんな彼女たちに向かって夢を壊すような真実を語っても逃げられるだけだ。だったら、もうひとりの『こうありたい自分』という自分になりすまして、女たちと一緒の夢を楽しめばよいのだ……》

確かに、ナンパサイトに自分を登録している男たちは驚くほど「自営業」だの「SE」だの「イベントコーディネーター」だの、カッコよさそうな職業を名乗っているのが多い。

（だけど、いざ顔を合わせてしまえば、メールでどんなにおいしいことを書いてもバレバレじゃないか）

そう思うと現実の自分とかけ離れたウソを書く気にはなれない藤太だ。

下村と別れて自分の机に戻った藤太は、かなり凹んでしまっていた。

（くそー、常務は最初っからおれの弱みにつけこんで賭けを挑んできたのか）

敵の思うツボにはまってしまった自分に、今さらのように後悔の念が湧いてくる。

（参るな〜、残り九人ゲットするまで、嘘八百を並べ続けなきゃいけない。昨夜のジュリのような女の子は、そうそういるわけがないし……）

落ち込んだ気分を回復させたくて、メモリーカードを交換してデジカメのスイッチを入れた。昨夜撮ったジュリの裸像が液晶画面に現れた。

竹中常務にも下村にも見せなかった、違うポーズのヌードが何枚も収められている。

瑞々しいエロティシズムの充満したヌードが藤太に元気をもたらした。

（うーん、ジュリは顔も体もよかったけれど、気立てもよかった……。こんな子をメールナンパでゲットできたなんて、今でも信じられない。それだけでも賭けをやった甲斐はあったんじゃないか）

昼休み、自分のほかは誰もいないオフィスでデジカメで撮った若い娘の裸像を見ているうちに、落ち込んだ気分が癒され、萎えていた気力が回復してきた。

——昨夜、ヌードでツーショットの撮影をOKしてくれた二十二歳の看護婦は、藤太の正直な告白に安心したのだろうか、それまでの懸念する態度がウソのように、「顔が写っていなければ、もっと撮ってもいいですよ。……というか、撮ってください」そんな大胆な言葉を口にして、健康なヌードをベッドの上でさらけ出してくれた。

女の二つの秘穴までレンズを近づけると、「恥ずかしい……」とつぶやきながらも、ジュリは激しく興奮して、秘唇から涎のように透きとおってきた愛液をとめどもなく溢れさせるようになった。

彼女だけでなく、女性に共通な露出願望を、撮影されることで刺激されたのだろうか。

一度、したたかに精を放出した藤太だったが、ジュリが自分の言いなりになって、どんな淫らなポーズにも応じてくれるにつれ、萎えていた男の肉器官はたちまちムクムクとふくらみ、熱と硬さを取り戻してしまった。

結局、ジュリはタクシーで帰ることにして、二人はもう二時間、ホテルのベッドで互いの体を楽しみあったのだ。

デジタルカメラで撮ったヌードを見ながら昨夜の快楽遊戯を回想してゆくと、藤太の欲望はますますふくらみ、ズボンの前がきつくなってきた。

（しかし、ジュリのような子がどうしてぼくみたいなパッとしない男のメールに反応したんだろうか？）

それが不思議だった。

――藤太は彼女と出会うまでのことをもう一度思い返してみた。

彼が行きつけにしていた『あぶちゃんねる』のメッセージボックスに彼女のメッセージがアップされたのは、昨日の夕方だった。

《今夜、八時から池袋で会える男性、デートしてください。二十二歳の看護婦。私はちょっとふっくらタイプです。ジュリ》

というメッセージである。二十二歳、看護婦というキーワードに反応して、すでに何十人という男たちからメールが送られているに違いない。

どうせダメだろうと思いつつ、藤太は用意してあったフォーマットの文章をコピーして送信した。それはネットナンパのノウハウを教える雑誌に書かれていたものを参考に、自分で苦心しながら打ち込んで用意しておいた「攻め」用の文章だった。

《こんにちは。田原といいます。ボードでジュリさんのメッセージを拝見しました。三十二歳、ごくふつうのサラリーマンです……》

どうにもウソがつけない性分の藤太なのだ。三十二歳なら三十歳あるいは二十九歳としておけばいいようなものだが、もともと冴えない顔立ちのうえ、少し額の生え際が後退しつつあるせいもあって、見た目は三十五、六だと自覚している弱みがある。

（ごまかしても会ったとたんにバレるんじゃな……）

つい本当のことを書いてしまうのだ。

実際、自分でも「こんなメールに返事する気になるかなぁ」と思うぐらい情けない自己紹介だ。

もちろん自分をアピールしようという気持ちはある。だから《すこしたれ目で、見た目はパッとしませんが、あの情熱と体力では誰にも負けない自信はあります。エジプトで発掘なんかしているYという教授に感じだけは似ています》とつけ加えた。Y教授は人のよさそうなおっさん顔をしている。これで女性の警戒心を緩められるのではないかと考えたのだ。

最後の部分は、雑誌のナンパ講座の見本文を少し変えてしめくくった。

《SNSは始めたばかりで、出会い系サイトでデートするのも慣れていません。こんなぼくですが、ジュリさんとデートできたら嬉しいです。八時、池袋OKです。あなたのお返事、待ってます》

まあ、これはウソではないから、全体として非常に正直な自己紹介だと、藤太はひとりで納得している。

ただ、これでゲットできたのが、ジュリ以前は、撮影する気にもなれなかった老けた肥満女ひとりだけ。これでは賭けに勝つのは絶望的だ。

その時、ジュリの言葉が耳に甦った。

（別れぎわ、ジュリは「私で役に立てることがあれば相談にのります。なんでもメールで聞いてください」と言ったじゃないか）

その時は「メールならいいけど、実際のデートはもうしない」という意味かなと思って少し落胆したのだが、ジュリは案外、藤太のことを少しは気にしてくれてるのかもしれない。

（そうだ！　女の心理というのはぼくにはよく分からない。だったら、ジュリにアドバイスしてもらおう……）

藤太はそう思いついた。アドバイスだけなら賭けのルール違反にはならない。

ログを監視されるので勤務時間内の送信は控えているが、今はまだ昼休みだ。藤太は自分のスマホを手にした。今度の賭けのために新しく買った、ディスプレイの大きなものだ。それを取り上げてメールボタンを押した。すぐにキーボード画面になる。

文字を打ち込む前に、自分のてのひらに載せた機械を、藤太はしみじみと眺めた。

(賭けをする前までは、これは単に電話をかけたり受けたりするだけの道具だとばかり思っていたんだ……)

どんなところにいても連絡がつけられる便利なものだが、外回りの営業マンとしては、仕事の合間にひと息つきたい時もある。そういう時でもいやおうなしに会社から指令が飛んでくる。見えない首輪をいつもかけられているような、鬱陶しさも与える道具だった。

賭けがはじまってから、藤太はスマホのほかの機能を学習し、使いこなす必要に迫られた。まず最初に学ばねばならなかったのがメールの出しかた。それも、文字をどうやって書いてゆくのか、そこから覚えなければいけなかった。

(こんな細かいボタンをこちょこちょ打つなんて、そんな面倒くさいことができるか!)

自分の不器用さに開き直って、これまでずっとメールなどバカにして無視してきたのだが、いざやってみると、操作自体は思ったより簡単だった。文字を打ち込む練習もそれほど苦にならなかった。

ただし打ち込みのスピードはなかなか速くならない。使いこなしている女の子たちのようになるには、まだまだ時間がかかりそうだ。

そうやってメールを打つことからはじめて、出会い系ＳＮＳをわたり歩くようになり、昨夜、ようやくジュリのようなかわいい娘をゲットできた。藤太にしてはおおいなる進歩だと言っていい。

（こいつは、単なる持ち歩ける小型電話機ではないんだ。別の世界へ通じるドアを開ける鍵でもあるんだ……）

いまの藤太は、そう思うようになってきた。

これまで携帯やスマホを使いこなしてきた若者たちにとっては当たり前の機能が、藤太にとってはいちいち驚きの対象だった。

メールは文字だけだと思っていたが、なんと画像や音声までを送ることができる。その気になれば、専門のサイトから好きな音楽をダウンロードして楽しめる。

さらに驚いたのはネット――つまりインターネットに繋ぐ機能だった。

スマホからいろんなサイトにアクセスしてみて、自分がこれまでいかに無知で狭い世界に閉じこもっていたか、思い知らされて愕然としたものだ。

なんと地図が見られるアプリまであるではないか。藤太は方向音痴なので地図は手放せなかったのだが、もうそんな必要はない。

公衆トイレからランチのおいしい店まで、どこにあるかを知ることもできる。ともかくありとあらゆる情報をスマホ一台で引き出すことができるのだ。そればかりでなく、その気になれば女たちのヌードが見られるアダルト系サイトも無数にある。アダルト小説をダウンロードして読めるサイトもある。これだと満員電車のなかでも他人の目を気にせずにポルノを楽しめるわけだ。いろいろなことに興味がある若者であれば、スマホはもう手放すことができない文明の利器だろう。

パソコンのキーボードもろくにいじったことのない彼だったが、それがかえってよかったのかもしれない。キーボードには何十というキーがあるが、彼のスマホのキーボードは基本的に十二個。何度も押す必要はあるものの、原理は非常に簡単で、藤太のような初心者でも文字の書き方はすぐに身についた。

漢字を出すのが面倒だろうと思ったが、彼には分からない仕掛けで、人の名前だろうが難しい地名だろうが、ぽんぽん漢字にしてくれる。なんと人気タレントの名前を入れるとちゃんと変換してくれる。そういう「今どきの言葉」が登録された辞書がちゃんと内蔵されているのだという。

そうやって、スピードはまだまだのろいものの、ひと晩の練習でなんとか百字ぐらいのメールなら打てるようになったところで、少し自信がわいてきた。

（やってみれば、なんてことはない……）

さっそく「数打ちゃ当たる」とばかり、タカをくくって、ノウハウ記事の教えるまま、自己紹介の文章を書いて、いくつかの出会い系SNSに登録してみた。

出会い系SNSというのは、たいてい交際相手を求める男女が「掲示板」に自分をアピールする文章をアップロードするようになっている。

男性なら女性のプロフィールや希望を読んで、メールを送るわけだ。それは必ずサイトの管理者を経由する形をとる。この時点ではメールは転送される形なので、お互いのメルアドは知らされない。

そこまでの仕組みを知った藤太は、自分の情報をアップするのと同時に、藤太は女性たちがアップした文章を読んで、「これなら」と思う子にどんどんデートを希望するメールを送った。

もちろん相手は誰でもいいというわけではない。とにかく短期間のうちにデートしてくれる相手でないとだめなのだ。必然的にもっぱら首都圏に住んでいる女性を選びだした。

あらかじめ定型の文章を作って記録させておき、適当な女性がみつかるたびに、それをコピペ――コピーアンドペーストしてメールに組み立て、送信し続けたのだ。

つまりナンパ用語でいう「待ち」と「攻め」の両方をセオリーどおりに実行したわけだ。

その結果はというと、最初の二日間はまったく反応がなかった。

一通のメールも届かないし、何通も何十通も送ったメールに対する返事は一回もなかった。

(こんなはずでは……)

藤太は焦ってしまった。

三日目、ようやくあるサイトで藤太のプロフィールを読んだ女性から「デートしてもいい」というメールが届いた。最初の反応だったから、藤太は浮き足だった。相手の文章を吟味もせず、デートして面接に持ち込もうとした。その結果は下村にもジュリにも同情されたようにさんざんなものだった。

(ようやく見つけてもあんな相手ばかりでは……)

出会い系SNSでデートしてくれる相手を見つけることに自信を喪失しかけていた昨夜、ダメもとでメールした女性がOKの返事をくれた。それがジュリだった——。

(彼女とのつながりを保つためにも、メールを書こう)

これまでの血の出るような苦心を思い返した藤太は、昨夜、彼と一緒に汗にまみれてセックスの快楽を共にした女性に、スマホでメールを打ちはじめた。

慣れないうちは、最初に紙にペンで文章を下書きしておき、それを見ながらボタンをプッシュしていたのだが、今では頭のなかで組み立てた文章をなんとかそのまま打ちこむことが出来るようになっている。何ごとも慣れである。

しかし、もしメールに慣れている部下たちが、いまの藤太がゆっくりゆっくりボタンを選び、考えながら打っている姿を見たら、笑い転げるかもしれない。しかし気にすることはないのだ。

間違えたらその分を消して書きなおせばいい。チャットならいざ知らず、メールなら急ぐことはない。ジュリぐらいの女の子なら、メールナンパでいくらでも好みの男を見つけられるだろう。

ずっと年上の、垢抜けない、冴えないサラリーマンである彼からのメールなど予期していないだろうし、いつチェックして読んでくれるか分からないのだから。

——藤太が書いたのは、こんな文章だった。

《ジュリちゃん、田原こと仙石です。昨夜は妙なお願いまでOKしてくれてありがとう。気にしているかもしれないけれど、ジュリちゃんの画像は常務に見せたら問題なくクリアーだった。ところでひとつだけお願い。女の立場でぼくのナンパにアドバイスしてくれないだろうか。ともかくあと九人ゲットしなければいけないので、すこし困っている。勝手なお願いでごめん。迷惑だったら気にしないでください。ではお元気で。》

本当はこれの倍以上の長さの文章でないと、自分の真意が伝わらないのではないか、という気がするのだが、ネットナンパの指南書によれば、あまり長い文章は嫌われる。できるだけ短く、簡潔に書く技術が要求されるのだ。

書き上げたジュリ宛てのメールを、送信する前に藤太はじっくりと読み返してみた。

（しつこくまとわりついて彼女を悩ますストーカーのように受けとられたら困るからな……）

短い文章だから、言いたいことが伝わらなかったり誤解されることもあるだろう。若者たちはメールの文章のなかに絵文字や顔文字をふんだんに使って、見た目にもおもしろおかしい個性的な文章を書く。しかし、いまの藤太には、♡や♪といった絵文字やら笑顔や泣き顔を表す顔文字を使う気にはなれない。照れ臭いこともあるし、自分には似合わないという思いもある。

文字の誤りも何カ所か見つかった。かなを漢字に変換するとき、似た音の漢字にしてしまいがちだ。

三度も読み返してから、藤太は「送信」のボタンを選んで押した。

紙飛行機の絵がぶーんと飛んで小さくなる。それがメールを送ったという合図だ。

「やれやれ」ふーッと吐息をついた藤太は、ジュリが今のメールを見て不快に思わないことを、助言する気になってくれることを願った。

（それにしても、あと九人とはな……）

残りは今夜をいれても十日しかないのだ。救いは間に週末を挟んでいることだ。朝から励んで一日に二人をゲットできれば、週日の八日で五人を確保できれば達成できる。

（とらぬ狸の皮算用というやつだが、まだ望みはある。さて、とりあえず今晩のターゲットの女の子をどこでアタックしようか……）

これまでの惨敗の経験から、自分を掲示板に登録する「待ち」の戦法ではダメだと分かった。

ならば女たちに呼びかける「攻め」しかない。

ピヨヨ、ピヨヨ……。

考えていると、いきなりスマホが鳴った。電話の着信音は『森のくまさん』に指定してある。

数回鳴って切れたこの音は、メールが届いたことを知らせる着信音だ。

（おッ、誰からかな？）

あちこちのサイトに登録してあるプロフィールを見て、誰か女性がメールを送ってきたのだろうか。

あわてて携帯を取り上げて「受信」ボタンを押す。ディスプレイに相手のメールアドレスとユーザーの名前が表示された。

《ジュリ》

その名前を目にして、藤太は目を疑った。

(早い……!)

いまさっき送信したばかりなのに、もう返事がきた。ほんの数分しかたっていない。

(そうか、今日は夜勤だと言っていたからな……)

看護婦だというジュリは日勤、準夜勤、夜勤という勤務シフトで病院で働いている。今夜は夜の十時に出勤すればいいのだから、昼間はメールチェックする余裕はじゅうぶんあるわけだ。

(これがメールの便利なところだよな……)

ジュリの文章を開こうとしながら、藤太はそう思った。

メールは電話と違って相手に迷惑をかけることが少ない。受ける側が都合のいい時に読めばいいのだ。

(しかし、これだけ早い返事というのは……)

不安を覚えてしまった。一夜明けて、昨夜のことを後悔して、ジュリは二度と会いたくないという拒絶のメールを書いてきたのではないだろうか。

おそるおそる開いたメールの最初の文章が目にとびこんできた。
《仙石さん。昨夜はつきあっていただいてありがとう！　楽しかった！》

メールの最初の部分を読んで、藤太はホッとした。少なくともジュリは、昨夜のことを後悔したり、自分のことも嫌いになっていないようだ。
藤太はスマホのボタンを操作してジュリが送ってきたメールを読んでいった。
《私の画像、おっしゃっていた審査（?）をパスしたんですね。あれを見られたと思うと恥ずかしいけれど、パスしなければ仙石さんも困ることだし、とりあえずよかったと思います》
《それと、女性の立場からメールナンパへのアドバイス。分かりました。これも何かの縁ですね。仙石さんを勝たせてあげるために協力します。でもその前に、私のことを少しだけ知ってください。昨夜はお会いしてすぐラブホに入って、お別れの時もあわただしかったので、お話しする時間がありませんでした》
《私のことをとんでもない淫らな女だと思われたことでしょうね。それは仕方ないのですが、実は昨夜は特別な事情があったのです。つまらないと思われるかもしれませんが、聞いてく

ださいね》

メールはいったんそこで切れていたが、すぐに次のメールが送られてきた。ジュリの書き込みのスピードはすごく速い。ひょっとしたらパソコンで書いて携帯へ転送しているのかもしれない。自分の部屋にいるのなら、そういうことが出来るはずだ。

次々に送られてくるメールを読んでゆくうち、藤太は昨夜抱いた若い女の告白に引き込まれていった――。

(彼女はなんだか、言いたいことを抱えているみたいだな)

送信されてくるメールの文章量に圧倒された藤太は、ふとそんなことを考えた。

――看護婦のジュリは、ある大学病院で働いている。

いまは内科の、特に深刻な病に冒されている患者の看護にあたっている。その病気が何か、ジュリは明かさなかったが、患者は中高年の男性が多く、長期入院ののち病院で死を迎えるのがほとんどだという。ガン病棟なのかもしれない。

長期入院の患者と接している看護婦は、受け持ちの患者が死んだ時、強いショックを受けることがある。

特に、まだ経験が少ない看護婦は、長い入院生活のうちに親しみを覚えるようになった患者が死ぬと、まるで肉親を失ったのと同じように、精神的なダメージでなかなか立ち直れない。看護婦もやはり人間なのだ。

ジュリも看護婦になってまだ二年目。患者の死に直面するとショックを受けずにはいられない性格だ。

《そんな私のことを心配してくれた山本さんという患者さんがいたのです……》

山本は年齢が六十歳ぐらい。やはり不治の病に冒されて死を待つばかりの運命だった。といっても寝たきりというほどではなく、半年前までは外泊も許可されるほど元気だった。山本はよくしてくれるジュリが、いずれ自分の死に接して嘆き悲しむことを早くから気にかけるようになった。

ある日、山本はジュリにこう言ったという。

「ジュリちゃん。看護婦が受け持ちの患者が死ぬたびに嘆き悲しんでいたら体がもたない。おれがいい方法を教えてあげる。そういう時は誰か男を見つけ、猛烈なセックスをするんだ。知らない相手がいいな」

びっくりして非難する顔になった若い看護婦に、山本はおどけ半分の顔つきでこう説明した。

「死に対抗するには生しかない。生とは何か。それはセックスなんだよ。セックスすることで男も女も生きるエネルギーを得て、人の死に打ち勝つことができるんだ。ウソじゃない。

試してごらん」

しばらくしてジュリが受け持っていた別の患者が死んだ。

その夜、やはり落ち込んでいたジュリは、ふと山本の言葉を思い出した。

出会い系SNSにアクセスし、掲示板に書き込んだ。

《二十二歳の看護婦です。今夜は明け番なんです。デートしてくださる男のかたいますか？》

ジュリの書き込みに、たちまち何十人もの男たちからレスがついた。

最初からその日のデートを期待しているというのは〝ヤリモク女〟と呼ばれ、男にとっては一番攻めやすいタイプなのだ。

ジュリはそれまでも出会い系SNSに出入りして、何人かの男性とデートして、二、三人とセックスした経験はある。つまりメールナンパにはある程度、慣れている。

これまでは、攻めの男たちとはメールを何度かやりとりして、だいたいどんな男なのか分かってからデートしてきた。最初からすぐセックスすることを求めたことはない。

しかしその日は、山本の「死に負けないためにはセックスすることだ」という言葉にすがってみたかった。世話をしてきた患者が死んだために落ち込んだ気持ちから逃れたかったのだ。だから相手の男は、極端に言えば誰でもよかった。

自分をセックスで満足させてくれさえすれば、顔や職業は関係ない。そこでジュリは届いたメールのなかから、《あなたを満足させる自信がある》と露骨に売り込んできた、三十歳の自営業だという男を選んでレスを返した。

会ってみると、三十よりずっと上の印象だったが、風貌が自己紹介のとおりで、人のよさそうな人物に見えたので、すぐに彼に抱かれることに決めた。

不思議なもので、掲示板に男を求める書き込みをした時から、ジュリはパンティの底が熱く湿ってくるほど欲情していた。男は、彼女が「すぐにホテルに行きましょう」と言ったので喜んだ。

《あなたを満足させる自信がある》

そう書いてきた男の自慢はウソではなかった。

趣味が乗馬だという男は裸になると筋骨はたくましく、女を扱う方法の経験も豊かで、ジュリは抱かれるとすぐ、彼のテクニックに酔いしれ、激しく発情させられてしまった。

男もまた、ふくよかな肉体と愛らしい顔立ちの若い娘に夢中になり、一度、二度、三度と、彼女の柔肉に自分の肉槍を深く打ち込んでは果てることを繰り返した。

ジュリはその夜、かつてない快感を味わった。

「きみはぼくの理想の肉体の持ち主だ！」

どうやら太めの女性が好みらしい男は、別れたあとジュリに、また会ってくれと何度もメールで頼んできたが、彼とは二度と会っていない。男には妻子があり、何度も抱かれたいと思うほど魅力的な相手とは思えなかったからだ。

《その時のセックスは、楽しむのが目的ではなかったのです。私のエネルギーを取り戻すための儀式のようなものでした。そして、実際に効果があったのです。私は亡くなった患者さんが、私がセックスの歓びを味わっているのをあの世から見て、喜んでいてくれるように思えました。それ以来、親しかった患者さんの誰かが亡くなった時、私はそのかたの供養だと思って、見知らぬ男性に抱かれることにしました。そうすると悲しみは早くに癒えるのです……》

ジュリの告白を読んで、藤太は納得がいった。

(そうか、じゃあ昨日、また誰か、患者が死んだのでジュリは男を求めたんだ)

その患者が誰だったのかどんどん送ってくるメールのなかでジュリは書いていた。

《昨日は、私にそのことを教えてくれ、何度もセックスのことを話しあった山本さんが、とうとう亡くなられたのです。意識が薄れる寸前、山本さんは私に「おれが死んだら、すぐにセックスを楽しむんだよ。そうしたらおれも迷わず成仏できる。供養だからね」と言ってくれました。私が「分かりました。必ずそうします」と囁くと、山本さんは嬉しそうな笑いを

浮かべて、それから昏睡状態におちいりました》

一年以上も肉親のように接してきた老人の死は、いやおうなしにジュリを打ちのめしたが、彼女は山本の遺言を守ることにした。

《これでお分かりでしょう。私が昨日、『あぶちゃんねる』にアクセスしてデートの相手を募集した理由が。怒らないでくださいね、山本さんの供養のために私は仙石さんが必要だったのです。そしてりっぱな供養ができたことを感謝しています。山本さんはあの世から私のことを見て喜んでくれたと思います。ひょっとしたら仙石さんと出会うようにしてくれたのは山本さんかな、という気さえするんです……》

そこまで読んで、藤太は思わず背筋に寒けを覚えてブルッと震えてしまった。

（おいおい、やっぱりおれは死者の汚れを清めるためのお祓い役をつとめさせられたんだ……）

実際、そうだったのだ。山本という患者が死んだことでジュリの体からはエネルギーが失われた。藤太はそのぶんのエネルギーを与えて、悲しみまで消してやったのだ。

ジュリのメールは、ここで一度、とぎれた。たぶん「これだけは絶対知ってもらいたい」という部分を一気に伝えきって、ホッとして、ひと息ついたのだろう。

しばらくしてから、またメールの続きが届いた。

《ここまで打ち明けてしまうと、山本さんとの思い出がどっと甦ってきました。誰にも秘密にしていたことですが、急に誰かに聞いてもらいたくなりました。もしよかったら、仙石さん、聞いていただけます？　おイヤでしたら、受信拒否にしてくださいね。縁起でもない私のことなど、忘れていただくのが一番いいかもしれません》

藤太は、あわてて返事を打った。

アドバイスを求めてメールしたのに、まだ肝心の部分に返事をもらっていない。それに、山本とのことで藤太も感動した部分はあるのだ。

《ジュリちゃん。好きなだけ山本さんのことを書いていいです。ぼくも聞かせてほしい。仙石》

打ち終えて送信ボタンを押す。数秒後にはもう、着信を知らせるメロディが鳴った。ジュリは藤太からの返事を待ちながら次のメールを書いていたに違いない。

《仙石さん、ジュリの個人的な思い出話につきあってくれてありがとう。それでは山本さんとの関係を書きますね。実は私、昨日亡くなるまで、山本さんとは何度かセックスしているのです。それだけにショックと悲しみも大きかったのです》

（えーッ、そんなバカな⁉）

藤太こそショックを受けずにはいられなかった。病院のなかで患者と看護婦がデキてしまう——という話はよく聞くが、ジュリの話では山本は六十歳ぐらいで、ジュリから見れば父親ぐらいの年代だ。そんな男になぜ惹かれたのだろうか。

《実は私、ファザーコンプレックスというのでしょうか、父親ぐらい年上の男性が好きなんです。それは私が早くに父を亡くして母親だけの家庭で育ったせいかもしれません》

それで藤太の疑問は少し解けた。自分が年齢よりも少し老けて見えることが、ジュリに対しては有利に働いたのだ。分からないものである。

《ですから、中高年の男性患者が多い病棟の勤務も、私は苦になりませんでした。なかでも山本さんは、手がかからず、長くは生きられない病気だと分かっているのに、いつも快活に私に接してくれました。私はいつしか山本さんが自分の伯父さんのように思えてきました》

長期の入院患者だから、看護婦は家族より緊密に接触することになる。まして山本は妻に先だたれ子供もおらず、見舞いに来る近親者も少なかった。ジュリは彼に同情してしまった。

——二人がセックスするきっかけは、さきのメールで告白したように、山本が「患者の死んだあとはセックスして生きるエネルギーを補給しろ」とアドバイスしたことからだった。

それをきっかけに二人の間は性的な冗談も交わせるほど親密になっていたので、ある日、ジュリは自分のセックスの悩みをふと洩らしてしまった。

それは、自分がクリトリスでは感じるものの、ペニスを入れられてもあまり感じないということと、相手をじゅうぶん満足させていないのではないか、という悩みだった。

「それはきみが悪いんじゃない。相手をする男が悪いんだ。ちくしょう、おれがこんな体ではなかったら、女に生まれた喜びを味わわせてやるのに……」

腕をさすっていた山本はふと目を輝かせた。

「そうだ、ジュリちゃん。今度の外泊日、おれとつきあわないか。徹底的にいい思いをさせてやるよ」

不治の病に冒されている身だが、山本の病状には波があり、快調な時は常人と変わらないほど元気になる。そういう時期、主治医が許せば一、二泊程度の外泊ができる。

山本は、次の外泊の時にジュリとセックスをしようと誘ったのだ。

「できません、そんなこと」

驚いたジュリはもちろん拒否した。しかし山本の説明を聞くと考え直さないではいられなくなった。

「おれは子供も親戚もいない。外泊が許されて家に帰っても仕方がないから、その時はホテルに行って女を呼ぶんだよ。そう、コールガール。なるべく若くて元気のいい子に来てもらう。その子から生きるエネルギーを補給させてもらうのさ」

確かに外泊を終えて病院に帰ってくる時、山本は生き生きとして見える。

「でも、それだったらその女性の生気を奪うのではないのですか？」

ジュリの質問に山本は笑って答えたものだ。

「とんでもない！　おれはセックスした相手はイカせまくるんだ。イカないセックスは生気を弱めるが、イクと女は元気になるんだ。もちろん男もだよ。そういうふうに二人が楽しめるセックスが一番いい。そうでないセックスはやらないほうがいいくらいだ」

なんだか男の都合に合わせたような理論だったが、そこでジュリは決心した。女として生まれたからには、やはり失神するようなオルガスムスを一度は味わってみたい。もしダメでも自分の体で山本の孤独をまぎらわせ、慰めてやれる。そう思ったからだ。

——数日後、外泊の許可が出た山本は、病院の近くのホテルに部屋をとった。デートの打ちあわせをしながら、彼はすぐに、自分の娘のような年齢の看護婦を抱こうとはしないという態度を明らかにした。

「ジュリちゃん。まずはおれがどんなふうに女を歓ばすか、それをじっくり観察してみてほしい」

「観察、ってどういうことですか？」

目を丸くしたかわいい看護婦に、初老の男はこう言ったのだ。

「おれはコールガールを呼んで抱いている。時間を見はからってきみのスマホに電話するから、そうしたら部屋に入ってきてくればいいんだ。なに心配することはない。その子には因果を含めておくから」

つまり余分に金を払うということだ。

「そんなこと、できません……」

最初は断ったものの、考え直してみた。その時までジュリは他人がどのようにセックスするか見たこともなかった。今から考えてみれば、その時つきあっていた男は高校の時の教師だったが、セックスのテクニックは貧しく、いつも自分ひとりが満足してジュリを楽しませてやるという精神に欠けた男だった。冷静に山本と彼のやりかたを比較してみることも必要だと思ったからだ。

その日、勤務を終えたジュリは、山本が泊まっているホテルのロビーに行き、しばらく待っていた。やがて、打ちあわせどおりにスマホに電話してきた。息を少し弾ませている。

「ジュリちゃん？　おれだ。今から二四〇五の部屋に来てくれ。ドアは開いているからそのまま入ってきていいよ。しばらくの間は、じっとしておれたちを見ていてくれ」

エレベーターで指定された部屋に向かいながら、ジュリは自分のしようとすることに驚いていた。

（山本さんが娼婦とセックスしているところを見に行くなんて、正気とは思えないわ……）

初めてデートする少女のように、彼女の胸は期待と不安でドキドキとときめいていた。

山本が泊まっている部屋は、ジュリのためにドアが細めに開けてあった。室内は暗かった。

ジュリは思いきってなかに足を踏み入れた。

「ああ、う、ううーッ、くくくッ、あうう、いい！」

入ったとたん、女の呻き声と短い叫び声が耳に飛び込んできた。ジュリの心臓が飛びはねた。

暗闇のなかで山本が、コールガールを抱いているのだ。

足もとも見えないほどの暗さだが、ジュリにとってはそのほうが都合がよい。そうっと進んでゆくと、かすかな光がさした。ベッドサイドのランプをひとつ、極端に光量を絞って点けてあるのだ。

「……！」

暗さに目が慣れてきたジュリは、ほのかな光のなかでうごめくものを見て、息を呑んだ。

山本と若い女が、奇妙な姿勢でからまっていた。

バスローブを纏った山本は腹ばいになり、真っ裸の若い女はあお向けになっている。山本の短く刈ったごま塩頭は、女の下腹に押しつけられていた。

初老の男が若い女の秘部――女のもうひとつの唇を吸っているのだ。ベロベロと舌を使い、チュウチュウと音をたてて吸っている。女の二本の太腿は男の肩の上にのせられていて、尻は山本が両手で抱えている。そのため女の腰より下はシーツから浮いている。

「あう、うう｜、いい、いい、気持ちいい……！」

初老の男に秘部を吸われている若い女は、両手でシーツをわし摑んでいる。頭は操り人形のように左右にうち振られ、黒髪が舞いおどっている。

（す、すごい……！）

若い看護婦は立ちすくんだ。膝がガクガク震えた。

山本の情熱的な秘部への接吻を受けている女は、ジュリと似たような、肉づきのよい体をしていた。年齢は二十五ぐらいだろうか。すごい美人で体形もよい女性だったら劣等感を覚えてイヤだと思っていたが、自分だって負けないと思うと、ジュリは心の余裕が出てきた。

気配で彼女が入ってきたのを感じたのだろう、ふと山本が秘毛の谷間から顔をあげてふり向いた。

「……」

暗がりのなかに立ちすくんでいる彼女に目で合図した。その方向には椅子が置かれていた。つまり、そこに座って自分たちを観察しろというのだ。

ジュリは頷いて、その椅子に腰を降ろした。膝がガクガク震えていたから、椅子がなければ床にへたりこんでいたところだ。

山本は再び、自分の娘ほども若い女の股間に顔を埋めていった。椅子はベッドの真横、一メートルぐらいのところに置かれ、薄明かりでもその部分はよく見えた。

（こんなふうにされたら、たまんないわ……）

驚きが去ったあと、羨ましいという思いが湧きおこった。ジュリの恋人は、セックスの時にこれほど熱心に秘部を吸ったり舐めたりしてくれたことはなかった。いや、指で触って、そこそこ濡れたところで体を重ねてくるのが常で、秘部にキスしてくれたことは、一度もなかった。どうやら不潔な行為だと思っているのか、ジュリにもペニスを吸わせたことがない。必然的に彼のセックスはあっさりとしている。

山本は全然違った。秘部を吸いながら舌を割れ目の奥に差しこむようにし、顔を上下に動かして会陰部からアヌスのすぼまりまでペロペロ舐めている。ジュリはまるで自分のそこが舐められているような錯覚を覚えた。

「あう、ああ、あーッ……！　いや、あうう！」

自分の父親ぐらいの初老の男に、股間を舐められ、吸われている若い娼婦は、何度も切ない叫びをあげ、ガクンガクンと裸身をうち揺するようにして悶え、のたうった。その全身からは汗が噴きだしている。

（すごく感じているんだ）

ベッドの傍の椅子に座って男女の淫らな姿を観察しているジュリは、自分の体も熱くなり、下腹に密着しているパンティがじっとりと湿ってくるのを自覚していた。

看護婦だから男女の裸体など毎日のように見ているし、性的な知識も人より豊富なはずだが、男がこれほど熱心に女の秘部を舌で刺激するとは思ってもいなかった。

山本は舌を使いながら指も動かしはじめた。クリトリスの部分を舐めあげながらひと差し指を膣口からさし入れて、なかでかき回すようにしているらしい。もう一方の手が、溢れる愛液と唾液で濡れた会陰部のあたりからアヌスのすぼまりを撫でまわしている。

「ひッ、うう、あうー！」

女は舌と指だけの刺激でたっぷり刺激されたからだろう、何度もイッているようだ。

（この女の人、すごく感じている。体質なのかしら、それとも山本さんのテクニックのせい？）

ジュリは両手で口を覆うようにしながら、我を忘れて二人の姿を見つめていた。

コールガールもジュリが入ってきて近くから見つめているのを知っているはずだ。だが、そんなことを気にしているような状態ではない。山本にもっと舌を使ってほしいというように、自分から腰を淫らに前後に動かし、よがり声をあげてはむっちりした太腿で男の頭を挟みつけている。

「さあ、攻守交替だ。きみが楽しませてくれ」

舌と手でコールガールに何度も叫び声をあげさせたあとで、山本は濡れた股間から顔をあげて言った。

「……」

父親ぐらい年上の男からたっぷりクンニリングスをしてもらった若い女は、気だるい動きで位置を入れかわった。ベッドの上で山本はあお向けになり、股を広げた。バスローブを着たままなのは、上半身には手術の傷跡があるので、それを気にしているのだろう。

一度、ジュリに目くばせしてからの彼は、もう暗がりのなかにいる傍観者の存在を忘れたかのようにふるまっている。

（あ……ッ！）

ジュリは山本の股間にそびえ立っているものを見て、思わず驚きの声をあげそうになった。回復の期待できない難病患者である山本を受け持ってきた看護婦として、彼の股間にあるものは何度も見てきた。

ペニスは周期的に勃起現象を示す。看護婦はそんな生理的反応には見慣れてしまい、少々のことでは驚かないようになっている。

だが、いま、コールガールを股間に這わせて両足を広げている山本の下腹部にそそり立っている勃起器官は、ジュリが病室でかつて見たこともないほど逞しく、荒々しい原始的なエネルギーが充満しているように見えた。

（すごい！　こんなになったのを見るのは初めて！）

ドス黒いまでに先端を充血させたそれは、まるで銛の先端のようだ。ゴツゴツした肉茎の先端にあるそれが、自分の体の割れ目に突き立てられることを想像して、ジュリの肉体は自然に反応した。ジュワッと秘部が濡れた。

「さあ……」

今までの自分と同じようにベッドに腹這いになったコールガールに、初老の男は低い声で促した。

「……」

ジュリより少し年上で、セックスの経験は何倍も重ねているような若い女は、黙ったまま山本の下腹へと頭を下げていった。

彼女の右手が睾丸をくるみこんだ。左手が垂直にそびえ立つ肉茎の根元を摑んでしごくようにする。情熱的なフェラチオがはじまった。若い看護婦は目をみはった。

（うわ……！）

それまでのジュリは、恋人がオーラルセックスを好まないこともあって、別の男たちとセックスしてもあまりフェラチオの要求に応えたことがない。

それだけにコールガールが技巧の限りを尽くして山本のペニスを口で刺激する姿は、驚きと感嘆の連続だった。

最初は軽く息を吹きかけるようにして、逞しく勃起しているペニスの全周にチロチロとじらすように舌を這わせていたが、やがてアイスキャンデーをしゃぶるように、赤い口紅をつけた唇を大きく開けると、先端の銛の部分をぱくりと咥えこんだ。

「う、む……!」

ジュリの恋人のよりもふた回りぐらい大きなサイズに見える山本の分身器官が、半分以上、呑み込まれた。若い女の頭が上下に動いた。左右に揺れた。

クチャクチュ、ピチャピチャ、グジュグチュ……。

さっき山本がたてたのと同じような、いやらしい、濡れた粘膜が摩擦する音がたった。

「む、う……」

半分目を閉じて女に吸われるがままの山本が、心地よさそうに呻く。

(そうか、男の人って、ああいうふうにやれば、喜んでくれるのね……)

ベッドの傍の椅子に座ったジュリは、山本がコールガールにフェラチオをさせている姿を、息をするのも忘れてしまったようになって見つめていた。

ジュリにとっては、何もかもが驚きだった。客である初老の男の男根を吸い、舐め、舌でなぶりながらも、コールガールの両手は少しも休むことがなかった。

片手は睾丸を優しく揉み、アヌスから内腿のあたりを撫で回している。もう一方の手も、根元を締めつけるようにしたかと思うと、唾液で濡れた血管を浮き立たせた肉のピストンをしごくように上下する。

息をつくために少しの間、口を離すと、掌が透明な液を溢れさせている亀頭の先端をくるんで、くりくりとこね回すように撫でるのだ。

「む、いいぞ、その調子だ……」

「お、ううう。なんて気持ちがいいんだ。こんな上手な子は初めてだ」

「ああ、天国で天女と遊んでいるようだ」

山本は快感を言葉にして女の奉仕ぶりをほめ、時々そうして欲しいことを伝える。その顔は時に苦しそうに歪(ゆが)むけれど、それは快感のせいなのだ。

――ふつうの男ならひとたまりもなく射精させられたに違いないコールガールのテクニックを、山本は長いこと楽しんだ。さすがに顎(あご)が痺れてきたのではないか、と思った頃に、山本は女の頭を押しあげた。

「おれのエンジンも充分にあったまった。では、二人で天国まで飛ばそうか」

自分の娘のような若い女の裸体をあお向けに寝かせ、山本はバスローブを脱いだ。

光量を絞ってあるランプの光でも、山本の肌に走る無残な手術の傷跡はハッキリと浮かびあがったが、コールガールは気にするふうもなく、覆いかぶさってくる初老の男の、痩せてはいるが逞しさまで失なっていない裸体に、自分からしがみつくようにした。

ジュリは、山本の指が秘毛に覆われた女の秘唇を分けるのを見た。そこからは薄めたミルクのような液が溢れている。フェラチオをされている間、山本も手を伸ばして女の割れ目を愛撫してやっていたのだ。

病室で見るよりもずっと精悍そうに見える肉槍の穂先が、その白い液の源泉にあてがわれた。

「いくぞ」

ジュリから見て遠いほうの、女の足を持ち上げて肩にかつぐようにし、もう一方の足は伸ばさせ、自分もまた片方の膝を立てて体を傾げたので、山本がコールガールの肉体にズブリと肉槍を突きたてるところは、無言の観察者であるジュリの目にもよく見えた。

「あ、ううッ、あうー」

喉の奥から獣めいた声を放って全裸の若い娘がのけぞった。まるで狩人に射止められ、傷ついてのたうつ野獣のようだ。もちろんその叫び声は苦痛からのものではなく、快楽によるものだ。

ジュリは全身がわなわなと震え、思わずスカートの裾から両手を自分の股へと差し込んだ。

パンストとパンティごしにじっとりと湿った熱を感じる。彼女の子宮も、初めて目の前に見る男と女の凄絶な交わりの姿を見て、まるで油を注がれた焚き火のように燃え上がったのだ。

ズン、ズンズン、ズンズンズン！

山本が腰を使いだした。女が叫びベッドが軋んだ。

自分の父親のような年齢の山本に深く串刺しにされて、ねじくれた木の幹にも似たドス黒い巨根で子宮を突かれるコールガールは、まるでさばかれる直前のウナギのように、全身をのたうちまわらせ、よがり声をはりあげた。

「ああッ、いい、あうー！　感じるうッ！」

それは、まだ膣の奥で感じたことのないジュリにとっては神秘的な光景でさえあった。

(女ってこんなに感じるものなの？　信じられない)

呆然として見守るうちにコールガールはひときわ高く絞め殺されるような声をあげ、全身をうち震わせるようにしたかと思うと、ぐったりと死んだようになってしまった。

「おう、イッたな。天国までイッてしまったか」

　腰を使うのをやめた山本は、そう呟くと、結合した姿勢のままそろそろと体位を変えた。彼はまだ精を噴かせていない。今度は自分があぐらをかき、その股の上に女を反対向きに載せるようにした。

（ああッ、すごい……！）

　ジュリは両手をスカートの下に突っ込んで甘く疼きねっとりと濡れているパンティの上から押さえつけるようにしているのだが、驚きのあまり自分の恥ずかしい姿も山本に見られているということを忘れて、目をみはってしまった。

　あぐらをかいた山本の股間にそびえ立つものが、息を吹きかえした若い女の割れ目に、下からふかぶかと打ち込まれていた。

　女のその部分は、薄白い液をひっきりなしに溢れさせて、黒ずんだ肉のピストンを潤滑させている。

　山本の両手は背後から女の両腿を抱えてジュリに見せつけるように、ズコズコズブズブと、リズミカルに女体を上下に揺らせている——。

「あうう、うぎゃーああ！　ひいー、あうーッ！」

　自分より若い娘の目の前で、秘部を広げられ、男根を深く突き入れられている魅力的なコールガール。彼女の口からほとばしり出てくる声は、もうかすれ声に近い。一方、黙々と女の体を膝の上で操る山本は、何か苦行をしているヨガの僧のように見えて、ジュリには、彼が自分の快楽よりも女の狂乱の方を優先させているように思えた。

「ジュリちゃん、ここまで来なさい……」

ふいに山本が、目の前にいる若い娘に呼びかけた。

「え、あ……、はい」

ジュリはなぜ自分が呼ばれるのか分からないまま、ふらふらと立ち上がり、汗まみれではあはあと荒い息をついているコールガールの前に立った。目の下で、彼女の、少しも垂れていない乳房がぷるんぷるんと上下に揺れている。

「この子はもう全身性感帯になっている。どこでもいいから触ってごらん」

山本の命令は逆らえない威厳に満ちているように感じられた。ジュリはおそるおそる手を伸ばし、揺れている乳房の片方を摑んだ。

「あう、あうー……！」

女が弓なりに背をのけぞらせた。明らかにこの女は乳房を触られた瞬間にイッたのだ。

「えーッ、どういうわけ……？」

ジュリは間の抜けた声を出してしまった。ふつう、セックスしている最中だって軽く乳房を触られただけでイクものではない。今度はもう一方の乳房を摑んでやった。

「ぎゃーあう、ううッ！」

　また黒髪がはね躍り、汗を四方にはね散らかして女は悶え狂い、股間から透明な液をしぶかせた。

「きゃッ！」

　股間からしぶきが飛んだので、ジュリはあわてて飛び退いた。

「悪い悪い。この子はGスポットでイクと潮を吹くんだった。でもバッチイ液じゃないから心配しないで」

　山本が笑いながら説明した。

「潮……。これが潮吹きなんですか？」

　それほど性体験が豊かではないジュリは、生まれて初めて同性の潮吹き現象を見せつけられ、信じられない思いだった。

「そうだよ、クリトリスをいじってみたまえ。そうだな、汚れてもいいように脱いだほうがいい」

　もう恥じらうというような気持ちは消えていた。言われるままジュリは上に着ているものを脱ぎ、ブラジャーとパンティだけになって再びコールガールの前に、今度は体を屈めて近よった。

ゆるやかに抜き差しされている山本の男根が、パカッと開いた淫らな肉の花に隠れるところ。そこは黒い縮れた毛がこんもりとした丘をなしている。

ジュリはむうッとする熱気が湯気となってたっている結合部に指を伸ばした。チリチリした手ざわりの草むらをかき分けるようにして勃起している女の真珠を探る。それはすぐに見つかった。

少し指の先に触れただけで、女が「ぎゃあー」と叫び、またビンビンと裸身をはね躍らせたからだ。

同時に温かい、サラサラした液が手にピシャッと当たった。ジュリの指の刺激で潮を吹いたのだ。

「どうだい、この子が感じまくっているのが分かるだろう？　女はこうでなくちゃ……」

自分の受け持ち看護婦である若い娘に女の歓ばせかたについて説明する山本は、病室にいる彼とはまったく違って、教祖のような威厳を感じさせずにおかなかった——。

山本に貫かれた状態で、自分より年下の娘に乳房や秘部をいじられ、そのたびに悲鳴をあげて愛液をしぶかせるコールガール。彼女は理性が完全に麻痺しているのか、かえってジュリになぶられるのを喜んでいるようだ。

（本当だ、この人はどこを触られてもイク……）

ジュリが自分の手で触れてみて納得したのを見極めると、山本は満足そうに頷いた。

「どれ、ケリをつけてやろうか」

たかだかと汗まみれの女体を持ち上げると、まるで杭を打ちこむかのように、ドスッという勢いで下に落とした。

「ぎゃあああ！」

白目を剝いた女が絶叫し、股間から潮が勢いよく宙に飛んだ。山本は情け容赦なく二度、三度と女体ハンマーを打ち降ろす。

「うぎゃー、あうう、ぎゃー！」

コールガールは狂乱し、まるで山本のペニスが本物の槍で、そのために子宮まで突き破られたのではないかとジュリが驚くほどの悶えようを見せて、ガクッと首を前に垂れた。完全に失神したのだ。

（すごい……。セックスで気絶するなんて……）

生まれて初めて目の前で壮絶なオルガスムスを見て、ジュリは強い感動を覚えた。山本にそれほど歓びを与えられたコールガールが羨ましくねたましかった。

「分かったかい？　この子は特別感じる子じゃない。誰でもこうなるんだ。さあ、この子を介抱して帰してやったらジュリちゃんの番だよ」

結局は射精しないまま女だけをイカせた初老の男は、のびてしまった女体から巨根をひき抜いて告げた。

ジュリのパンティはその段階でクロッチの部分がお漏らししたようにぐしょ濡れになっていた——。

第五章　羞恥露出サイト

（おお、ジュリはいよいよ山本に抱かれるのか！）

いくつもに分かれた長いメールが、ようやくクライマックスにさしかかった。夢中になって読んできた藤太は、オフィスのなかだというのに激しく勃起して、周囲に盛り上がった股間を見られないよう警戒しなければならないほどだ。

だが、彼の期待は次のメールで裏切られた。

《……息を吹きかえしたコールガールは、フラフラしながら帰ってゆきました。私は山本さんとバスルームに行き、体を洗ってあげました。いよいよ、私が抱かれる番です。その夜、私は山本さんの体の下で、上で、生まれて初めての膣オルガスムスを体験しました。そこでどんなふうにされたか、詳しいことはさすがに書けません。ごめんなさい。でも、あのコールガールが特別、感度のよい女性だったわけではなく、すべて山本さんのテクニックがすごいからだということが分かりました。だって、私が、気絶して、潮を吹いてしまうほどイカされたのです。それまでの彼や他の男性とのセックスなんて子供のお医者さん遊びみたいな

ものだったと、よく分かりました……》

藤太は悔しい思いをつい声に出してしまった。

「おいおい、いいとこを飛ばしてしまったじゃないか……！」

だが、藤太よりもずっと年上の、初老の、しかも手術後の病みあがりの体で、山本という男は百戦錬磨のコールガールを失神させ、ジュリまで何度もイカせたのだ。これまで相当に遊んで、女を喜ばせるテクニックを磨いたに違いない。

（こいつこそ究極のイカせ男だ。ジュリはこんな男に抱かれていたのか……）

昨夜、藤太は初めてベッドを共にしたジュリをたっぷり満足させてやったと思い、少しばかり傲慢になっていたかもしれない。

（この山本という男と比べられたら、おれなんかまだまだ青二才だ……）

そう思うと何だか恥ずかしくなってしまった。

ジュリはたしかに彼に抱かれてぐったりとなったけれど、失神を繰り返し、潮を吹くほどのよがりかたではなかった。

（上には上がいるものだ）

藤太は感心し、同時に謙虚な心持ちにさせられた。

さらに山本が、昨日、死んだことを思い出し、複雑な感情を味わった。

ジュリは山本の供養のため、自分の悲しみを忘れるために藤太を選んで、激しいセックスに溺(おぼ)れたのだから。

ジュリからのメールは、次からガラリと調子が変わった。

《仙石さんの用件はセフレをどうやってゲットするか、ということなのに長々と私のことを書いてごめんなさい。亡くなった山本さんという存在が、私を昨夜、仙石さんに会わせてくれたのだという、運命のようなものを伝えたかったのです。仙石さんとまったく関係のないことですから、今まで書いたことは忘れてくださいね。では、仙石さんの質問に戻ります。メールナンパについて女性が一番気にすることは、その人が安心してつきあえるかどうか、ということです。ご存知のようにネットでの出会い系サイトを使って知りあった男性に女性が殺されたり、つきまとわれて迷惑をかけられたりという事件があいついでいるでしょう？それを聞くと、女の子は誰だって怖いと思います》

《ですから女の子たちは、エンコーが目的でない限り、なるべく時間をかけて相手がおかしな男性ではないか、見きわめようとします。だってメールの世界は文字だけですからね、なかなか本性というのは分からないものです。そしてサイトを選ぶ時も、あんまり妙な男性がこない、転送や私書箱のあるようなサイトを選ぶし、自分に自信がある子は「待ち」に徹して、大勢の候補のなかから「これは」という男性を見つけてレスを返し、二度、三度とメールをやりとりして、相手の人間性をチェックしてから面接します。逆にいえばいきなり面接ＯＫという子は、かなり飢えたブスの子だったりエンコーが目的だったりする確率が高いのです。つまり仙石さんの賭けの対象にならない女性ですね》

ジュリのアドバイスを読んで、藤太は思わず頭を抱えてしまった。

（そんな悠長な相手探しをされていては、とても期限内に残り九人のそこそこ美人をゲットできない……）

そんな藤太の焦りと絶望感を察したかのように、ジュリは次のアドバイスをくれた。

《確かに時間の制限がある仙石さんにとっては難しい問題だとお思いでしょうが、それだけに「自分は安心してつきあえる人間だ」というアピールが一番大事だということです。そう考えるとなまじ若いとか訳が分からないカタカナの職業についてると自慢する男性よりも、年上でしっかりした会社に勤めていて、経験もある男性というのは、かえってポイントになると思います。考えかたを変えれば、仙石さんは女の子たちにとって安心してつきあえる対象として魅力的な存在になり得るのです……》

（なるほど、おれは三重苦四重苦かと思っていたが、それを逆手にとれるということか）

ジュリが指摘してくれたアドバイスに勇気づけられて、藤太は液晶の文字を見ながらニンマリ笑ってしまった。ジュリのアドバイスは続く。

《もし、時間的な問題で仙石さんが焦っておられるのなら、あまり積極的にはお奨めしないのですが、フェティッシュな出会い系のSNSを試してみる方法があります》

（えッ、フェティッシュなSNS……？　何だよ、それは？）

藤太には初耳というか、初めてお目にかかる言葉が出てきた。

《フェティッシュ系というのは、セックスに独自のこだわりを持つ人たちが同好の相手を求めるSNSのことです。一番分かりやすいのはSM系ですね。あとはコスプレ系とか女装系、スカトロ系……いろいろあります。こういうSNSにはいわゆる「濃い」人たちが集まるのですが、数が少ないから選り好みの度合いが一般の出会い系より少なくて、すぐ面接にもちこめる確率は高いと聞いたことがあります。私は看護婦という職業柄、医療系の出会い系にも顔を出したりしますが、たとえば浣腸やアナル系の責めを期待するMの女性はけっこう美人が多いようです。願望が秘められたものだけに、相手を求める情熱も激しく、男性から見るとゲット率は高いと聞きました。誤解されそうですが、私はノーマルなのであまりアブな体験はありません。もし、仙石さんに何か隠された趣味がおありなら、その専門のSNSを試してみたらどうでしょうか》

（フェティッシュ？　隠された趣味？　アブ？）

藤太が面くらっているのにかまわず、ジュリは彼女なりのアドバイスを送りつけてくる。

《そういうサイトを私のＰＣで検索していくつか候補をあげておきます。見て参考にしてください》

そのあとにサイトのＵＲＬが五個記されていた。

《あと十日で残り九人ゲットというのは、仙石さんにとってきびしいハードルですね。本来、メルナンというのは出会いの段階の、その時々のトキメキを楽しむものだと思うのです。ですから結果だけをがむしゃらに追う、今度の賭けのようなことは、私はあまり賛成できません。あんまり目を血走らせて夢中にならないでくださいね。私は仙石さんの人柄なら、どこに行っても活躍できる人だと思います。クビになったらなったでいいじゃないですか。そんなヘンな上司がいる職場にめんめんとしても仕方がないと思います。あ、ごめんなさいね、事情もよく知らない娘っ子の私がこんなことを言って……。おわびのしるしに、今思いついたとっておきの、こんな手はどうでしょうか。なんか破れかぶれみたいですが……》

そのあと、ジュリは「とっておきの手」というのを説明した。

《それは、今回の賭けのことを最初から書いてしまうことです。「それで困っている」と訴えれば、案外「助けてあげる」という子が出て来そうな気がします》

（うーん……、これは確かにいいアイデアだが……）

藤太は唸ってしまった。ただ、自分にそれを実行する勇気があるかどうか。

《思いつきみたいなことを書いてごめんなさい。これは最後の手ですね。こういうことをしないでも残り九人をゲットできることを祈っています。では何かあったらまた連絡します。さようなら。ジュリ》

長い連続メールはようやく終わった。

(まあ、この「とっておきの手」というのは最後に考えるとして、とりあえずはフェティッシュ系というのを試してみるか……)

速攻で女がゲットできるとジュリがすすめてくれたSNSに、藤太はアクセスしてみた。

液晶表示のURLの部分にカーソルを移動して選択ボタンを押すと、すぐにサイトの表紙画面が現れた。

『フェチ王の宮殿』

同時にギャオギャオギャオーンという音楽が流れてきて藤太を驚かせた。

(うわ、音楽まで聞かせるのかよ。おどろおどろしいSNSだな)

どうもこれまでの出会い系SNSとは雰囲気が違う。SNSのなかに入ると、そこは大きく「サドマゾの宮殿」「羞恥露出の宮殿」「スカトロの宮殿」と分かれていた。

(サドマゾはちょっとな。スカトロはパス。……とすると興味がありそうなのはこれだけだ)

藤太は「羞恥露出の宮殿」というボタンを選んでサイトの奥へと入りこんだ。

原理的には一般の出会い系サイトと仕組みは同じだが、特殊な趣味の持ち主、マニアだけを対象にしている。「羞恥露出の宮殿」というのは、主に他人の目に自分の恥ずかしい姿をさらす、見られるということに興奮する男女が集まる場所らしい。

（うーん、ここもおれには関係なさそうだ……）

そう思った時、もう一つ奥に進むボタンがあるのに気がついた。「痴漢の部屋」とある。

（痴漢プレイか……。これなら面白いかもしれない）

藤太はつい引き込まれるように「入る」のボタンを押していた。

そこは主に、首都圏の通勤電車のなかで痴漢プレイを楽しみたいという男女が集まっている場所だった。

「痴漢の部屋」の掲示板で最初に目に飛び込んできたのは、こういう書き込みだった。

《二十五歳OL。S＊＊線利用のかた、私をお好きになぶってください。朝夜、S＊＊駅〜A＊＊駅で乗り降りします。車内もメール可。事後面接あるかも。ぬれぱんちゅ》

（おッ、S＊＊線か……！）

S＊＊線はたまたま藤太が通勤に使う線だ。ラッシュ時の混雑は殺人的で、そのせいか痴漢の出没も多い。最近は警察も私服刑事や女性警官を乗り込ませて痴漢逮捕に躍起になっているが、なかには間違って痴漢と見なされて逮捕され、とんでもない目に遭った無実のサラリーマンも何人かいる。

(これだけの混雑だと、やられる女性だって誰に触られてるのか間違えるのも無理はないけれど、万一おれが疑われたら……)

そう思うと、もともと臆病な藤太は心配になって、あらぬ誤解を受けぬように車内ではなるべく両手を見せるような姿勢でいる。それでもうら若いＯＬやぴちぴちした女子高生の体がギュウギュウと押しつけられて、三十分ぐらいぴったり密着したままで過ごすというのは、やはり藤太の性欲と妄想を刺激せずにはいられない。

(こんな状態でムラムラしないわけにはゆかない。これは拷問だ……)

自然に勃起してしまうペニスを意識しまいと思いつつ、脂汗をかきながら我慢する毎朝だ。ところが痴漢を歓迎する「ぬれぱんちゅ」のような女性も、けっこういるらしい。そういう女性と示しあわせて乗れば、これまでの拷問の時間はたちまち快楽の時間になるわけだ。しかもナンパデートと違って「面接」がない。藤太は胸がおどった。

(これは……、おれ向きじゃないか)

藤太は舌舐めずりするように、痴漢の被害者になりたがる女たちのメッセージを読んでいった。

「痴漢の部屋」では男性より女性の書き込みが多い。それを読んで分かったことは、彼女たちが男性のタイプをほとんど指定していないことだった。

（なるほど、痴漢されるのは一方的にやられる軽いレイプのようなものだから、交際するための男性を選ぶのとはまた別なんだ……）

さらに藤太にとって好都合なのは、初めて出会うのが満員の電車のなかなのだから口をきかなくて済むということだ。

もともと女を甘い言葉で口説くというのが苦手なのだから、こんないいナンパはない。しかし、そこで初めて気がついた。

（楽しむにはいいが、これではゲットして証拠写真を撮ることができない！）

女たちは、痴漢プレイの相手とは一回きり、ある駅から駅の間だけ自分の体を弄ばせて、到着するとサッと別れたい。

だからたいていは乗降客の多い駅で降りる。周囲に大勢の人間がいるから、ストーカー的な男がいたとしても、駅のなかでそれ以上つきまとうのは難しい。騒がれたら本当の痴漢として逮捕されてしまうだろう。

そこで一番最初に書き込んだ「ぬれぱんちゅ」の書き込みを読み直してみた。彼女だけはこう書いている。

（これって、車内で気に入ったら、そのあとのデートもいいということか）

だとしたら、そのあとで本格的なセックスができる。そうなれば昨夜のように頼みこんで撮影だってできるかもしれない。

「よし！」

藤太は会社がひけてからの帰りがけ、痴漢プレイに挑戦することを決めた——。

掲示板には痴漢プレイを希望する女たちは数人が名乗りをあげていたが、藤太と路線が合致するのは、最初に目についた「ぬれぱんちゅ」というハンドルネームの子だけだった。

（この子なら、帰りがけにS＊＊駅で待ちあわせてA＊＊駅まで一緒になれる。この区間なら少なくとも二十分は楽しめるだろう……）

車内で感じさせることができたら、A＊＊駅で誘えば、ラブホに連れこむのも夢ではない。

妄想と一緒にズボンの股間もふくらんだ。

さっそく携帯から「ぬれぱんちゅ」の仮アドレスに痴漢プレイを希望するメールを打ちはじめた。

《初めまして。田原といいます。赤坂に勤める、会社ではマジメなサラリーマン三十二歳。ぼくもS＊＊線を使っているんですよ。よかったらあなたの希望をかなえさせてもらえませ

んか》

　そこまで書いてから、ジュリのアドバイスを思いだした。

（彼女は「女の子が一番気にすることは、その人が安心してつきあえるかどうか」だと言っていた……）

　いくらプレイといっても痴漢という犯罪行為をさせるのだ。自分がこの女性の立場に立ってみたら、相手を選ぶポイントは「安全な人間」のはずだ。

（だったら、そこをアピールしないと）

　藤太は少し考えて、こうつけ加えた。

《ぼくの会社は世間にも知られているし、ぼく自身もある程度の地位におり、家庭のことを考えると、実際に痴漢などできるものではありません。それだけに毎日のＳ＊＊線では欲求不満で悶々としています。一度でいいから思いきり痴漢してみたいというぼくのあこがれを満たしてください。お願いします》

　書きあげたメールを送信してから、藤太は考えた。

（もちろん、希望者は殺到するわけだから、彼女が選んでくれる可能性は少ない。もっと相手を探しておかないと……）

　時間的にはもう、ひと晩もムダには出来ないのだ。藤太はジュリの教えてくれたフェティッシュ系SNSをさらに回ってみることにした。

するとした「ここは全員顔出しです！」と銘打った『T'sファン』というSNSにたどりついた。

（顔出しということは、少なくともブスは避けることができるわけだな……）

そう思いながら入ってみると、確かに掲示板には全員、顔や全身が映った女たちの画像がズラリと並んでいる。

全身が映っているのはセクシーな下着とかレオタード、今どき珍しいネグリジェなどの悩ましい姿。

（うーん、なんとなく、年増系、デブ系が多いような……。よくこんなので顔出ししてくるというのが……）

掲示板でデートを希望している女性たちのメッセージを流し読みしている藤太の目は、ある女性のところで吸い付けられた。

（おッ、この子はすごい……！）

いまCMなどで売れっ子の女性タレントNによく似た感じの顔立ちだ。化粧が濃いような気がするが、そのメッセージが藤太をしびれさせた。

《カスミ、二十四歳で～す。がっちりした体格で年上、おじさまタイプが好み。たっぷり楽

しませてくれるタフでマジメな人、S＊＊線A＊＊駅近くで夜十時以降に会える人、メールください》

（うぬぼれじゃないけど、これはおれに呼びかけてるようなもんじゃないか。それにA＊＊駅だったら、ちょうどいい……）

「ぬれぱんちゅ」に振られても、どうせA＊＊駅は通過する駅なのだ。家に近いぶんだけデートしやすい。藤太は彼女にもメールを打った。

その他にも十人ほどの女性に「攻め」のメールを打ち、あちこちのSNSに「待ち」の書き込みをして藤太の昼休みは終わった。

原則として業務中にはメールナンパはしないと決めているので、五時まではスマホの電源を切ってしまう。

「メルナンは即レス」と言われる。相手から応答があった時にすぐ返事をしなければ、誰かに取られてしまう。

だから藤太のような人間はよけいゲット率が低くなるのだ。自分で自分に手枷足枷をはめているようなものだ。

（いいのだ、おれは正々堂々、サラリーマンとして恥ずかしくないように行動してナンパする。それでダメならいさぎよくクビになってやろうじゃないか！）

ジュリの言葉もあって、いつしか藤太は焦りの気持ちも消えていた。その気迫が態度に現れたのか、その日は得意先との商談がスムーズに運んだ。

かねてから懸案の、高額商品の売り込みに成功したことを報告に行くと、課長は喜び、声を低めて尋ねた。

「常務との、あの賭けはどうなってるんだい？　ネットナンパの……」

そっと周囲を見て囁いたのだ。

「いや、実はね、きみが負けて追い出されることになったら課としても損失だ。負けそうになったら言ってくれ。おれたちも何とか協力するから」

藤太は嬉しい驚きを味わった。これまでは四面楚歌だと思っていたが、課長や同僚たちも彼の実力は認めてくれていたのだ。

「ありがとうございます。でもやれるところまでは自分ひとりでやってみます」

「そうか、健闘を祈るよ」

——そして五時、藤太は携帯の電源を入れた。

「ぬれぱんちゅ」という文字が浮かびあがった。

《こんにちは田原さん。「ぬれぱんちゅ」略して「ぬれ」です。メールありがとうございました。では今夜でもお願いしていいですか？　ご返事お待ちしています》

藤太の心臓がドキンと跳ねた。股間で分身もブワッとふくらむ。

（やった……！）

よく見ると着信は三十分前だった。藤太は大あわてでレスを打った。

《田原です。ご返事ありがとう。今夜六時、大丈夫です……》

すぐにレスがくる。

《……では、S＊＊駅のS＊＊線ホームで六時にお待ちしています。私は二番めの車両の真ん中のドアのところにいます。二、三分前になったら直メルください》

もう仮アドレスではなく、本当のメールアドレスで発信されている。藤太も自分のメルアドを明かして、彼女に即レスを入れた。

《了解しました……》

（やれやれ、これで今夜はひとり捕まえた）

ひと息ついて、ほかのメールが届いていないかチェックしたが、ゼロだ。

（まあいいや、今夜はこの「ぬれ」ちゃんに全力投球だ！）

とは言うものの、彼女が絶世の美人なのか、逃げ出したくなるブスなのか、まだ見当もつかないのだ。

（メールのナンパというのはまったく、雲を摑むような駆け引きだなあ……）

S＊＊駅に向かいながら、藤太はこの新しい男女の出会いの形に、考えこまされてしまった。

やがてS＊＊駅に着こうという時、マナーモードにしていたスマホがブルブルと震えて、メールが届いたことを知らせた。

《「ぬれ」です。今、2と書いた柱の傍に立っています。薄いブルーのカーデを着ています。私が分かったらメールしてください》

藤太は胸を躍らせながら駅の階段を駆けるようにしてS＊＊線のプラットホームに上がった。

目を走らせると、確かにメールで知らせてきた位置に薄いブルーのカーディガンを着た女の姿が見えた。左手にスマホを持ち、右手の肘にバッグをさげている。すらりとした体つきだ。

肩までかかるロングヘアーは目にしみるように黒く艶(つや)やかだ。

(あの子がそうだ！)

その女は周囲を確かめるかのように左右を見回したので、藤太は顔をハッキリ見ることが出来た。

眼鏡をかけているが、どことなく線の細い、理知的な印象の美人だ。

二十代半ばという自己紹介はそんなにサバを読んでいないだろう。藤太はホッとした。
（よかった。この子なら審査はパスだ！）

第六章　美人司書の指姦願望

藤太は彼女の背後から近づき、すぐ後ろに立ってからレスを返した。

《田原です。いま「ぬれ」さんの真後ろにいます》

手にした携帯がブルブルと震えて着信を教えたのだろう、目の前にいる女は左手の携帯を顔の近くへ持ってゆき、着信したメールに目を走らせた。振り向いて藤太を確認するかと思ったが、そんなそぶりは見せずに、すぐに忙しく親指を動かしてメールを打ちだした。十秒もしないうちに藤太の携帯にメールが届いた。

《了解。よろしくね。タッチは最初にトントンと軽くノックして。あとはおまかせしますから、好きにしてください。ぬれ》

いま目の前にいる女性が送ってきたメールを読んで藤太は首をひねった。

（ノック？）

最初は何のことだろうと思ったが、すぐ分かった。

混んでいる車内では何人もの男の手が伸びてくるかもしれない。どれが藤太の手なのかを知れば、他の手は撃退の対象だ。

（「好きにしてください」か。よーし、好きにしてやろうじゃないか！）

藤太は痴漢されたい願望の女の背後で、早くもズボンの股間がふくらむのを覚えていた。

彼女は後ろから見ても腰のくびれはくっきりとして、タイトスカートをはいたヒップはよく左右と後ろに張りだしている。見るからにムチムチした魅力的な尻だ。

さらに観察するとスカートにパンティのラインが浮き出ている。藤太は鼻息が荒くなってきた。電車が来るより前に手を伸ばして触ってしまいそうだ。

やがてＳ＊＊線の電車が入ってきた。ここは始発から二駅目なのにすでに満員状態である。乗り込むためには前の人間をぐいぐい押さなければ乗れない。痴漢が多いというのも無理はない。

ドアが開き行列が崩れた。たちまち「ぬれ」も藤太も人の波に呑まれるように電車のなかに押し込まれた。藤太は彼女の背後にぴったりとくっついて離れないように必死だった。一度離れてしまったらもう二度と接近できないぐらいの混みようなのだ。あちこちで呻き声があがる。「ぬれ」は入ってきたドアの正面へとまっすぐ押し込まれていった。藤太もそのあとを追い、気がついた時はドアの横のスペースに向こう向きに押し付けられた彼女の背中に自分の胸を押し付けていた。

(ここなら絶好だ!)

S**線は彼らの降りるA**駅まで常に一方のドアだけが開く。だから反対側のドアに押し付けられた状態だと二十分ぐらい乗降客に邪魔されることがないのだ。

電車は超満員の乗客を詰めこんで動きだした。藤太はさっそく念願の痴漢プレイにとりかかった。

相手も合意した上のプレイだからと言って、好き勝手にタッチできるものではない。他の人間に見つかって、そいつが正義漢だったら、ホンモノの痴漢と間違えられて捕まえられ、警察に突きだされてしまう。

藤太は周囲の目に気をつけながらソロソロと腕の位置を変えて、ドアと座席の間の壁に顔を押しつけるようにして背を向けている女の尻に、スカートの上からそっと触れてみた。弾力に富んだ温かい肉の感触。

(最高の触り心地だ!)

ぴったりとヒップを包んでいるタイトスカートは薄手の生地だ。メールで言われたとおり、藤太は軽く指先で二度、三度ピタピタと叩いてみた。

ビクン。

「ぬれ」の背中が震えた。首が下を向く。

彼の指に気がついたというサインなのか、軽く頭を上下させた。

（それでは……）

藤太はてのひらで、悩ましい曲面を包むようにして撫でてやった。

「……」

やや斜め後ろから見る女の表情は、何の気配も見せない。ただ下半身に震えが走ったのが分かった。

（敏感だな。ベッドで抱いたら、きっと大きな声でよがるタイプだ……）

藤太はひとしきりスカートの上から見た目よりもずっしりとした充実感のある女の二つの尻たぶを、最初は優しく愛玩するように、やがて情熱をこめて揉むように愛撫しはじめた。

（こんなことが許されるなんて、夢みたいだ）

毎日この線で出勤し帰ってくる藤太は、持ち前の潔白さから痴漢を憎んでいる。もし現行犯を見つけたらとっ捕まえて警察に突きだすのにためらいはない。

しかしその一方で、見知らぬ女の肌を思いきりなぶってやりたいという欲望に突き動かされそうになるのも事実だ。だからいつも両手は上にあげて他人に見えるようにしている。誤解されたくないということもあるし、うっかり魔がさして手を伸ばしてしまうことを防ぐためもある。臆病なのだ。

しかし今日は、そんな心配はいらない。どう見てもマジメそうな、どちらかというと男を寄せつけない知的な感じのするメガネ娘は、自分から「ぬれぱんちゅ」というエロなハンドルネームで彼を誘ってきたのだから、正々堂々と——というのもおかしいが、自分の抱いてきた欲望を好きなだけぶつけていいのだ。

全神経を指先に集中して、藤太は痴漢になりきった。さんざんお尻を撫でまわしてから、手をスカートの裾から潜りこませて太腿の内側へと這わせた。

ストッキングの少しザラザラした感触を楽しみつつ腿の付け根へと撫であげてゆくと、「ぬれ」の膝がガクガクしているのが分かった。心なしか彼女の鼻息が熱くなっている気配がする。

黒髪が覆う項(うなじ)から、甘い髪の匂いと混じった女の、悩ましい肌の匂いが立ち昇ってきた。子猫を抱いて鼻を押しつけた時に嗅ぐ、あの親密な匂いだ。

(これは興奮する……)

周囲の目を気にしながらだからスリルもある。そして「いけないこと」を楽しんでいるという共犯意識。藤太の心臓もドキンドキンと跳ね、息をするのが苦しくなる。

満員電車のなかで、藤太は「ぬれ」と名乗る女のスカートの下で、太腿を撫であげていった。

（あれッ⁉）

ナイロンの感触がいきなり途切れた。ストッキングではなく素肌に触れたのだ。とまどった藤太の指がそのあたりを探り回ると、縦になっている紐に触れた。藤太はそれが何だかすぐに分かった。

（この子、パンストじゃなくてガーターストッキングをはいているんだ！）

縦の紐はガーターストッキングを吊りあげているガーターベルトの吊り紐なのだ。

ガーターベルトにガーターストッキングという格好は、不思議に男たちの欲望をそそる効果があり、好む男も多い。最近の風俗店ではガーターストッキングをはく女の子は珍しくなく、そのおかげで藤太も見なれている。

しかしＯＬがそういう格好をしているというのは、やはり珍しいのではないだろうか。

（なるほど、そうか……）

藤太はすぐに「ぬれ」がガーターストッキングをはいている理由が分かった。

パンストをはいていると、彼女の一番触られたい部分は二枚の布で防護されていることになる。周囲に人の目がある電車内で、男が女のパンストを引き降ろすのは、たとえ相手と合意の上でもなかなか難しいものだ。

それがガーターストッキングなら、魅惑ゾーンはパンティ一枚だけでしか覆われていない。

指のタッチのしやすさは比べものにならない。

（用意周到というか、触るほうの身になってくれてるというか……）

藤太は感心し感激しながら、女のすべすべした腿の感触をじっくりと味わった。彼の指は、やがて腿と腿の合わさる部分へと突き当たった。

当然ながら、その部分はパンティで覆われている。最初、二本の腿はぴったりと合わされていたのだが、藤太の愛撫によって徐々に開き、さらに大胆な指の動きを誘うかのようだ。

「……！」

彼の指が、女の一番神聖な谷の部分に触れると「ぬれ」のヒップがびくんと震えたのが分かった。唇を噛んで呻き声を殺そうとしている。

（これは、すごい……！）

藤太も驚かされた。彼の指が触れた布は、ねっとりと濡れそぼっていたからだ。

痴漢に襲われたいという願望を抱いている「ぬれ」の本来のハンドルネームは「ぬれぱんちゅ」だった。

（なるほど、ハンドルネームのとおりだ）

愛液を溢れさせている谷間に食い込んでいるパンティの上から指を這わせてゆくと「ぬれ」の下半身がぐらぐらと揺れた。藤太の巧みな指の刺激で、膝から力が抜けている。

体温は今や服の上からでも感じられるほど熱い。

（では遠慮なく攻めさせていただくぞ……）

周囲に気づかれないように指を動かせる体勢を作った藤太は、薄い布に包まれた若い女の下腹、股間、腿、そして尻のまるみにいたるまで、指を這わせて、撫でたり揉んだりつまんだり、思う存分、柔肌にタッチする快感を味わった。

合意の上の行為だが、やはり周囲の目は気にしなければならない。激しく感じる「ぬれ」にとって、呻いたり悶えたりすることを禁じられ、あくまでも平静を装わねばならないのは、非常な努力の要ることだろう。

しかし、それこそがこのプレイの醍醐味なのだ。

藤太の指の攻撃を受けながら、それでも手にした携帯の画面を眺めるふりをしている。よほど注意しないと、男の指がパンティの下にまで忍びこんで愛液でぐちょぐちょに濡れている粘膜の部分を嬲（なぶ）っているなど、気づく人間はいないだろう。

（この子は、これまでどれだけの数の男たちにここを触らせたのだろう？）

藤太はどんどん大胆になって、パンティの股の部分の布をぐいと横へと押しやった。

谷間の部分を露出してから濡れた粘膜の上へ、下へと指でまさぐると、一番敏感な肉粒が触れた。それをダイレクトにタッチするのはまだ未熟者だ。

藤太は風俗店で鍛えたテクニックを駆使して、襞肉トンネルの入口を親指で、敏感な肉粒を中指で優しく刺激してやった——。

電車は二人のプレイの終点でもあるA**駅へと近づきつつあった。それまでの二十分ほどの間に、「ぬれ」はハッキリと分かるほどに快楽の絶頂を何度か味わった。

彼女は必死になって反応を抑制しているから周囲の人間には分からないが、藤太は指に伝わる震えで、確かな手ごたえを何度も感じとることができた。

(よし、こちらもたっぷり楽しんだ。ここでケリをつけてやるか)

あと一分ほどでA**駅というところで、藤太はひときわ容赦のない指の攻撃を浴びせた。あまりにも強い刺激だったのか「ぬれ」の腿がぴったりと合わさり、「うう!」という押さえきれない呻きが嚙みしめられた唇から洩れた。完全に膝から力が抜けたので、藤太がもう一方の手で支えなかったら、そのまま床に膝をついてしまったかもしれない。

(やった……! どうだ、たっぷり楽しめただろう!)

藤太は誇らしい気持ちで「ぬれ」の股間に挟まれた指を引き抜いた。たくし上げられたスカートが短い劇の終わりを告げるかのようにハラリと落ちる。

電車はガクンとスピードを落としてA**駅のプラットホームに滑りこんでいった——。

メールでは、A**駅で降りたらお互い知らぬふりで別れる約束になっている。

ドアが開いた。藤太と「ぬれ」は、他の乗客と一緒に、もみくちゃになりながらプラットホームに吐きだされた。

（あッ！　いかん……！）

あとから降りてきた乗客に突き飛ばされてよろめいた藤太が、体勢を立て直して見回した時は、「ぬれ」の姿はもう見えなくなっていた。

（まあ、携帯があるから大丈夫だ）

藤太は人ごみから離れて立ち止まると、いち早く姿を消した「ぬれ」の携帯へメールを送った。

《ぬれさん、いかがでしたか。よかったらデートしていただけませんか。お茶だけでもいいです。田原》

これだけの文章を作るのに、藤太の腕ではだいぶ時間がかかった。

（しまった。もし彼女が別の電車に乗ってしまったら、万事休すだ……）

自分の入力スピードの遅さを計算に入れていなかった間抜けさを呪った。前もって文章を用意しておけばよかったのだ。

一分、二分……。藤太の携帯は着信音を鳴らさなかった。

（失敗した……）

気落ちした藤太がホームのベンチにがっくりと座りこんだその時、背後から女の声が。

「田原さん、デート、いいですよ……」

「えーッ⁉」

まさか直接に声をかけてくるとは思っていなかった藤太は、驚いて後ろをふり向いた。

そこには少し恥じらうような様子で「ぬれ」が立っていた。

「すみません、トイレに行っていたのでお返事が遅れて……」

トイレで電車のなかで乱れてしまった服装と気持ちを直してきたのだろう、目の前にいる彼女は、女性教師のような知性を感じさせる、楚々(そそ)とした印象に戻っている。

「ああ、よかった。てっきりあれでお別れかと思った……。ぬれさん、どうもありがとう！」

ベンチから立ち上がった藤太に最敬礼されて、女はドギマギしたようだ。

「ともかく駅から出ませんか。それと、あの……『ぬれ』では何ですから悦子(えつこ)と呼んでください」

「分かりました。じゃあ喫茶店でも……」

悦子と名乗った女は、藤太の顔を見て、照れたように笑いながら言った。

「もし、よかったらまっすぐホテルに行きませんか？」

その率直さは昨夜のジュリと同じものだった。一応お茶でも飲みながら口説こうと思っていた藤太は、予想していなかった進展に一瞬言葉が出なかった。悦子は詫びるような口調で補足した。

「いきなりこちらから誘って驚かれました？　でも、田原さんの性格や人間性はタッチされている間に分かりました。それに私のことですごく興奮されてたでしょう？　車内であれだけ固いのを押し付けられていたんですもの。私を満足させてくれたお返しをしてあげたいんです……」

藤太は聞き返さずにはいられなかった。

「触られて人間性が分かるんですか？」

「分かりますとも」

A＊＊駅の裏手にあるラブホテル街へ向かう道で、悦子は自分のことをこう打ち明けた。

「私が初めて痴漢されたのは、七年前、まだ女子高生の時なんです……」

彼女は東北の中都市の出身で、両親ともに教師。厳格な家庭に育った。

大学受験で上京した時は父親も一緒だったが、彼は娘の箸の上げ下ろしにもうるさい、厳格というよりも干渉しすぎる親だった。試験場にもついてきて、とにかくひとりにしてくれない。

そうやってひとつの試験を終えて帰る途中、たまたま混んだ電車に乗ってしまった。父親は周囲に他人がいるのにもかかわらず、娘に対してクドクドと注意したり叱ったりし続けた。悦子がいい加減うんざりしていた時、一本の手が彼女の制服のスカートの下からすべりこんできた。

「その時は、死ぬほどショックでした」

と悦子は目をまるくして驚きを表現してみせた。

「そりゃそうだろう。父親と一緒なのに痴漢されるなんて、まずありえない」

藤太も驚いた。彼女が父親に声をかければたちまち捕まってしまう。その男はどんなつもりだったのだろうか。

「でも私、黙っていたんです。父に気づかれないようにわざと会話を続けて、その人に好きなように触らせていました……」

彼女は自分の腿や尻を撫でてくる手に、不思議な親近感を覚えたのだという。

(この人は私がウンザリしてイヤな気分なのを分かって慰めてくれているんだ)

そんなふうな錯覚も覚えて、見知らぬ男の手がパンティの股のところに触れるのも、布をくぐって処女の部分に触れてくるのにも抵抗しなかった——。

その時の男がどんな人物だったのか、背後にいて、ある駅でスッと消えてしまったので見るチャンスがなかったのだが、生まれて初めての痴漢体験は、悦子に悪い印象を与えなかった。

「なんて言うのかな、父にダメな子供扱いされている私に『きみはこんなに大人なんだから自信をもっていいよ』と励ましてくれたような気がするんです。錯覚でしょうけどね……」

男はセーラー服を着ている女子高生の処女地帯を優しく、時には情熱的に愛撫してくれて、イキはしなかったが悦子は強い快感を味わった。

それまで男性とまともにつきあったことがなかった悦子にとって、その指が恋人になってしまった。その夜、思い出しながらオナニーして生まれて初めての絶頂感を味わったからだ。

東京の大学に無事入れたものの、キャンパスとアパートが近くて通勤電車に乗る機会は少なかったが、それでも時々、わざと満員電車に乗って痴漢されるのを待つようになったのは、そのような指との再会を期待してのことだった。

大学で司書の資格をとって都心の公立図書館に勤めるようになった今でも、通勤時には男たちの指を期待している。でなければガーターベルトにガーターストッキングなど着けはしない。

「でも、あのような指には二度と出会えなかったのです。乱暴な人が多いんですよ、思いやりのない……。いやがると脅かしたり、怖い思いもしました。ですから痴漢プレイの出会いサイトで絶対に信用できる人を選んで触ってもらうようにしているんです。そうしたら今日、田原さんに触られて、私、願っていた指に出会ったような気がしました。優しくて思いやりがあって情熱的で……。私、電車のなかであんなにイキまくったのは初めてです」

彼女が藤太の求めに応じたのは、外見のカッコよさなどは二の次、指にこめられた思いが伝わってくるかどうか、それが一番だったのだ。藤太は合格した。

「それは、なんというか、光栄というか……」

電車のなかで痴漢をして感謝されるのだから、妙なものである。

「ですから、これはお返ししなきゃと思ってたんですけど、あんまり濡れちゃったので、とにかくトイレに駆け込んで下着を替えてきたんです」

悦子は痴漢に触られると条件反射的に激しく興奮して愛液がおびただしく溢れてくる体になっている。だから通勤の時は替えのパンティを二枚、持ち歩かねばならない。

第七章　濃厚エキスの残滓

ラブホテルに入ると、悦子は少しすまなさそうな顔になった。

「あの、私はふつうのセックスではあまり感じないんです。ですから田原さんは無理しないでくださいね」

藤太は耳を疑った。電車のなかであれほど激しく反応した肉体が、ベッドではダメだというのだ。

「信じられないな。それは今までの相手が悪いんじゃないの」

裸になって一緒にバスルームに入ってしみじみ見ると、どこをとっても魅力的な、成熟した健康な肉体である。

「そうなんでしょうか。実は今、つきあってる彼がいて、いろいろしてくれるんですけどダメなんです。悪いからイッたふりをするんですけれど、電車のなかで痴漢されてるほうがよほど感じるんですよね。私っておかしいんでしょうか……」

藤太は、ラブホテルのベッドの、かけ布団をとり除いたシーツの上に、湯上がりの全裸の悦子をうつぶせに寝かせた。

電車のなかで触りまくった経験と、その後の告白を聞いて、藤太は悦子のセックスの好みがだいたい分かってきた。この女は自分の意志に反して愛撫されると感じるのだ。

(だとしたら、ベッドでも痴漢のようにふるまってやろうじゃないか)

藤太は部屋を暗くして、うつぶせになってじっとしている悦子の脚に手を触れた。つま先に触れただけで、図書館司書をしている知的な女の体がビクンと震えた。まるで藤太の指が電気を帯びて、それに感電したような感じだ。

「あう……」

悦子の口からは悩ましい呻き声が洩れる。

(これだけ敏感なのに、どうして入れられてイカないのだろうか?)

たぶん悦子という女の体のなかには、これまで出会った痴漢たちによって「イキぐせ」のようなものができ上がっているのではないだろうか。だとしたら二人きりになった密室のなかで、ふつうの男女がするように抱きあって感じるわけがない。

(では、受け身のまま徹底的に興奮させてやろう)

藤太はそう考えながら、悦子の形のよい左右の脚の、つま先からかかと、くるぶし、ふくらはぎ、膝の後ろへと、愛撫を与えていった。

時には痴漢のようにいやらしく、時には骨董品を愛でるマニアのように愛情をこめて、指で撫で、てのひらで揉み、感じるだろうと思った部分に唇を押しつけ、舌で柔肌を舐めてやる。悦子は、シーツをわし摑みにして悶え呻き、肌がじっとりと湿ってきた。

「あう、うう――……、む、はあッ、はあはあ……」

ベッドに投げ出したような二本の脚を、下から上へとじわじわと愛撫される悦子。

藤太の指が内腿にやってきた時は、まるい尻をぷるぷると揺するようにして感じていることを全身で表現するようになっていた。それでも枕に顔を押しつけて唇をふさぐようにしている。こらえきれない喜びの声が高くならないよう、必死に努力しているのが分かる。

（これって、電車で痴漢されているのと同じじゃないか……）

藤太は感心した。女たちは、特に若い子は、感じると大きな声をはりあげるものだが、悦子はまるで違う。

（ううむ、興奮するなあ）

男としては、自分の愛撫に女が反応してくれると嬉しいものだが、それをグッとこらえられると、心の砦を打ち破ってやりたい攻撃心のようなものが燃えてくる。

（なんだ、おれも痴漢と同じ考えかたをしているんじゃないか）

悦子のなめらかな太腿、内腿を触りまくり、わざと秘部を避けるようにして二つのまるい肉の丘へと指を這わせてゆく藤太は、ふと気づいて苦笑してしまった。

たぶん、電車のなかで女たちを触る痴漢は、喜びを感じているのに感じないふりをしなければいけない女たちの自制心を打ち壊してやろうと努力しているのではないだろうか。もちろん、それは触られる女が、つい感じてしまった場合のことだが……。

(それにしても、どうしてこんなに触り心地がいいんだろう)

自分からは決して誘うようなことはしない悦子の肉体は、今は熱を帯び、汗は玉のように浮き、えも言われぬ悩ましい匂いを発散している。

「あッ、あああ……、あうう――……」

うつぶせの女体をまたぐようにして体をかがめて、両手で悦子のヒップをねちっこく揉み、撫でまわす。悦子の反応はだんだん激しくなっていった。

それでも大きな声が出そうになると、両手で抱いた枕を自分で自分の口に押し付けて何とか小さなものにしようと努力する。その時、藤太の頭のなかで閃(ひらめ)いたものがあった。

(そうか、イケないのは、自分で「これ以上はダメ」と、限界点を設けているからなんだ!)

電車のなかでクリトリスを弄(いじ)られると、悦子はそれなりにオルガスムスを味わっていた。しかし、それはあくまでも周囲に分からないように、必死になって隠しおおせる程度のオルガスムスだ。

つまり、それ以上の、自分でも制御しきれない快感を味わうことを恐れるように、悦子の体は条件づけられているのではないだろうか。だからペニスを挿入されても、最後の高みまで行くことを自分が拒否してしまう。イケないのは自分の自制心のせいなのだ。

（うーむ、こうなったら、とことん感じさせるしかないな）

発情しきっている健康な女の裸身に触れて、藤太も激しく興奮している。全裸の彼の股間では、男の肉槍がビンビンに勃起して、行き場を求めるように武者ぶるいしているようだ。

（そうだ、こいつで……）

藤太は焼けるように熱い自分の分身を握りしめた。その先端はすでに透明な液をたっぷりとにじませて、テカテカと濡れている。指で愛撫していた二つの肉丘の谷間に、藤太は肉槍をそっと触れさせてやった。

「あ、あ……？」

これまでの指に替わって、男のいきりたったペニスの濡れた先端が尻の谷間に触れてきたので、悦子は驚いたような声をあげた。

電車のなかでは、そしらぬふりをして痴漢に好きなように触らせて感じていた悦子も、ギンギンに勃起した男の肉槍をナマナマしく素肌に押しつけられた経験はないはずだ。それは新鮮な刺激となるはずだ。藤太の思ったとおり、悦子の興奮はこれまでのと違った反応を示した。

「うん、うフ、ふン……」

甘えるような鼻声になって、自分からヒップを左右にうち振るようにした。おかげで尻の谷間に押しつけられているペニスは摩擦されて、藤太にも快美な感覚を与えてくれた。

(おお、これは具合がいい……)

悦子は、あるいは電車のなかでこういうふうにされることを期待していたのかもしれない。いつも衣服ごしに男たちの勃起した男根を感じてはいるが、それは彼女が決して触れられないものだ。その欲求不満が今、満たされているのではないだろうか。

(それだったら……)

藤太はうつぶせに横たわり枕に顔を埋めている女の片方の手をとると、ヒップのところにある自分のペニスへと導いた。

(……!)

先端を透明な液で濡らしながらズキンズキンと逞しく脈打っている男の欲望が凝縮している器官。それを握らされたとたん、悦子の裸身に戦慄(せんりつ)が走った。

「握るんだよ……」

初めて言葉を口にすると、僅（わず）かにうなずくようにし、図書館司書をしている知的な女は、まるで蛇でも触るかのように触れ、それから力をこめて握りしめてきた。

（おッ、いい感じ……！）

受け身一方でいた欲求不満からか、無理に触らせられた藤太の勃起器官を、悦子はいやがる風でもなく、逆に指をからめて、ギューッと力をこめるようにしてきた。

柔らかくしなやかな女性の五本の指が、高ぶりきってコチコチに固くなっている肉槍を握りしめると、それは藤太の逞しい脈動を感じることになる。

「ああ……」

枕に押しつけている悦子の口から、溜め息というより感動するような声が洩れた。

「これからはきみが痴女——女の痴漢になるんだ。電車のなかで後ろにいるぼくのチ×チンを触っていると想像しよう。さあもっと触ってみて」

悦子の背と尻に自分の裸身をおおいかぶせるようにして、しかも肌と肌はくっつかない程度に離している藤太は、女の耳に囁きかけると、うなじにハアッと熱い息を吹きかけた。

「あ、あう、う……ッ」

悦子は悶え、ヒップをくねらせる。同時に藤太の熱い分身を握っている指にギュッと力をこめる。

「あ、いい……、うッ！」

その心地よさに藤太も呻き、思わず悦子の背にのしかかってしまいたいのを、手足に力をこめて防いだ。全身を接触させるのではなく、ごく一部分だけを接触させるのが痴漢プレイの極意。悦子はそういう愛撫に激しく興奮する体質になっている。

ペニスを握らせ、指で刺激させながら、藤太のほうは彼女の股間に尻のほうから指を這わせていった。すぐに熱い液体で濡れている粘膜に触れた。

「もう、こんなに濡れているのか。すごいなあ」

藤太の言葉に、また女体がビクンと震えた。

藤太の指はうつぶせになった悦子の、腿と腿の隙間から秘密の裂け目を下からなぞるように動く。濡れ濡れの粘膜をダイレクトに、そこだけまさぐられ嬲られる女体は、それだけで強い快感を味わって、ヒップはさらに激しく、悩ましく、うねうねとくねり悶える。

「あう、はあ、はうッ」

枕に押しつけている口から喘ぎ声がひっきりなしに洩れる。

「ここは電車のなかじゃないから、声を抑える必要がないんだ。もっと自由に大きな声を出してごらん」

そう言いながら、人さし指を熱い蜜が溢れる源泉へと進めてゆく。

電車のなかではパンティごしにクリトリスを刺激してやって、何度もイカせてやったから、悦子のクリトリス感覚の敏感さは分かっている。ただ、簡単にイクからといってクリトリスばかり刺激すると、膣の感覚が発達しないので、深い豊かなオルガスムスを味わえない体でい続けることになる。

悦子はまさにそういう段階に止まっている。藤太はだてに風俗で金を使ってきたわけではない。この悦子と同じタイプの女性となじみになり、いろいろ悪戦苦闘してついにその子をイカせてやった体験がある。

（あの時のパターンで攻めてやろう）

それは徹底したじらし作戦だ。もともと性感は豊かなのにわざと燃えあがらせるだけ燃えあがらせながらなかなか挿入してやらない意地悪なやりかただ。だからあえてクリトリスのほうは触れずに、膣の入口あたり、会陰部、アヌス、内腿からそけい部——と、周辺の性感帯を徹底的に刺激し続けた。

「ああん、いや、ああッ」

悦子の声はだんだん高まっていった。

（おお、声が出てきた）

痴漢に触られると興奮する体質ではあるが、電車のなかでは常に周囲の目や耳があるから、歓びを率直に声にすることができない。

いつの間にか声を押し殺すことがクセになって、悦子は深く強いオルガスムスを無意識に自分から拒否するようになっていったのではないか――それがいろいろな風俗嬢とのつきあいから得た、藤太なりの仮説である。だとしたら、わざと大きな声を張りあげさせることが真のオルガスムスへ導く近道ではないだろうか。

どうやら今のところ、悦子は藤太のもくろみどおりに反応している。意図的にクリトリスや膣奥をはずして刺激しているのに、うつぶせの裸身は釣り上げられた鮎のようにビンビンと跳ね躍っている。

それと同時に、放そうとしない藤太の欲望器官に対する指の握りかたも強いものになっていった。ハッキリとしごきたてるようにしてくる。それはえも言われぬ快感を藤太に与えてくれて、フェラチオや膣に挿入するのと負けないぐらいだ。

そうやって悦子の性器の周辺だけを、徹底的に指で刺激してゆくうちに、藤太はまた新しい発見をした。彼女はアヌスの周辺、特に尾てい骨の側を指圧されるようにすると、ものすごく感じるのだ。

「あうーッ、ううう、あううう!」

背を弓なりにのけぞらせて暴れる。指だけのタッチなのに全身から脂汗が噴きだして玉になり、強い芳香が藤太の鼻を刺激した。発情している女の髪の生えぎわやうなじ、腋の下、それに秘毛の丘などから、藤太の牡獣の部分をクラクラさせる芳香が匂い立っているのだ。

（うう、たまらん、いい匂いすぎる……！）

快感のツボを藤太にさぐりあてられた悦子は、もう知的な図書館司書の顔をかなぐり捨て、一匹の牝獣になって、あられもない声を張りあげて叫び、呻き、喘ぎ、とうとう哀願しはじめた。

「ああうう、お、お願い。欲しいのッ……！」

透明な液をダラダラ溢れさせている藤太のペニスを激しくしごきたてながら、悦子はお尻を持ち上げ、こちらもとめどもなく薄白い液を洩らしている、女の中心に通じる口をさらけ出すようにし、誘うように淫らに振りくねらせた。

「入れて欲しい？　だったら大きな声でおねだりしてごらん。何をどこにどうして欲しいのか、ちゃんと口で言ったら、そのとおりにしてあげる。言わなきゃ分からないからね」

そうやってじらし続ける藤太。

「ああん、意地悪……、恥ずかしい」

最初はためらった悦子だが、指の攻撃にとうとう耐えかねて屈服した。

「お願い、これを、あなたのオチ×チンを、私のオマ×コに入れてぇ！」

恥も外聞もない、そういう状態でないと本当のオルガスムスは味わえない。淫らな言葉を吐くことで悦子の理性のタガが外れた。

「よし、そんなに言うなら入れてやる」

うつぶせの裸身から尻だけを持ち上げるようにして藤太は悦子の腿を抱えるようにした。

今やもう、ふだんの何倍にもなったかのような、青筋を立て透明な液を吐きだして糸を垂らしている肉槍の赤黒く充血した穂先を、真後ろから淫らな裂け目にあてがい、狙いをつけた。

「いくぞ」

蜜液でヌラヌラと濡れそぼっている粘膜の、子宮へ通じるトンネルの入口に突き立てた。

(ううッ、きつい……！)

うつぶせの悦子の、持ち上げた尻肉を抱えこむようにして秘唇へと突き立てていった藤太が、まず最初に思ったことは、入口の部分が抵抗することだった。

悦子は受け身一方の愛撫で激しく興奮して、愛液はおびただしくあふれ出ている。自分から「欲しい」と言うほど受け入れ態勢は整っているのに、いざその段になると、きつく結んだ唇のように押し込んでくるものを排除する。

昨夜のジュリもこういう体質だった。藤太もだんだん分かってきたことだが、これは膣の内側、粘膜の壁が充血してパンパンにふくらむからなのだ。

その結果、ペニスは狭くなった通路をこじあけるようにしないと入らない。風俗に勤めている子でも、時には「処女ではないのか」と錯覚してしまうような子もいる。

太さと同時に固さにも自信がある藤太は、ずぶずぶと簡単に挿入できるのよりも、手こずるほどきついほうが挿入のスリルを味わえるから、好みである。

（これは期待できるぞ）

今の悦子のように「ああ、ううう、あうー！」と悲鳴にも似た呻き声をあげて汗まみれの裸身をわなわなと震わせ、シーツを強く摑んで悶える、その姿は何ともサディスティックな気分を強めてくれるからだ。

悦子もまた、ジュリがそうだったように、藤太の熱くて固い肉根を奥深くまで受け入れてしまうと、今度はそれをガッチリ咥えこみ、ギュウウッと締めつけるように反応してきた。

「う、うう……、これは具合がいい。イケてるキンチャクおま×こだ！」

藤太は女を喜ばせる言葉を口にしながら、じわじわと腰を使いはじめた。

最初はゆっくりと、短いストロークのピストン運動で攻めるのが藤太のやり方だ。

ただでさえきつい状態での往復運動は、攻め手の藤太に、えも言われぬ、脳みそも下腹も溶けてしまうような快美な感覚を与えてくれる。

（ああ、極楽……）

またもや、女と一体になる歓喜が、藤太の理性をどんどん希薄なものにしてゆく。隠れていた獣の性質が表面に出てくる。行動に出てくる。

ぐちゅ、ぐちゅッ！

狭い肉の通路を往復する肉のピストンは愛液でぬめぬめ光り、まるで湯気が立ちそうなほど熱い肉と淫らな摩擦音をたてる。

「どうだ、感じるか。感じないのか。だったらやめるぞ」

締めつけ咥えこみ、さらに熱い肉の奥に引きずりこもうとするような吸引の動きさえ見せる媚肉を犯す快感に酔いながら、それでも藤太は、悦子のわずかに残る理性を言葉でぶっ壊そうと努めつづけた。

「あうー、あうう、感じる。いいーッ、こんなの、初めて……ッ！」

両手で頭を抱えるようにした悦子が、背をのけ反らせるようにして暴れもがきながら、喉の奥からよがり声をあげはじめた。

（おお、狙いどおりだ。このままどんどん高まってゆけば、確実にピストン運動でイカせられる）

痴漢に指で触られるか、それを想像しながらクリトリスを自分で弄るかしないとオルガスムスを味わえなかった知的な女は、藤太の荒々しい、サディスティックな扱いによって、どんどん興奮が高まり、膣のなかで突かれる刺激に反応していった。その証拠として、奥のほうでコリコリと固い突起が生じて、彼のペニスがそれに当たるようになった——。

(子宮が下がってきたな)

体で深く感じはじめると、子宮頸管が膣の内部に突出してくる。コリコリの正体はそれだ。

「あう、うぎゃー！　あううう……ン！」

その部分を強くピストンで突かれると、悦子の反応はさらに激烈なものになっていった。

尻を抱えこんでいる藤太のほうが、ロデオ競技のカウボーイのように振り回され跳ねあげられるようだ。

いまはもう、藤太のピストン器官も、根元を深く打ち込んだところから穂先がほとんど抜けそうなぐらいになるまで、蒸気機関車のような逞しいリズムで往復運動を続けている。

「あうう、ぎゃー、あううぎゃー！」

悦子は完全に理性を失なって、つつましやかな知性的な女らしさは完全にかなぐり捨て、一匹の発情した牝獣になりきっている。

(よーし、ここから最終コーナーだ。鞭を入れるぞ)

藤太はさらに強く、肉のピストンと化した分身器官を叩きこみ、引き抜いては叩きこんだ。

彼の顔から首から胸から汗が噴きだし、それが雨のようにバラバラと女の、そり返った背中にしたたり落ちてゆく。

「ひーッ、あうう、死ぬ、死ぬう……ううッ！」

悦子のよがり声が断末魔の人間のように、切迫してかん高いものになった。絞殺される女が喉の奥から噴出させるような絶叫。

「ぎゃああ、あう……、うぎゃあああうぐぅッ！」

いきなり何かが悦子の子宮で弾けたように、裸身がビンビン、ビンビンと躍動した。強い力でピストン棒が締めつけられ、一瞬、藤太はそれが食いちぎられるのではないか、という恐怖を覚えた。

（やった！）

そう思った時、藤太もゴールを目前にしていたのだ。

「イク、死ぬ、ぎゃあうう……！」

悦子のオルガスムスの絶叫を聞きながら、彼もまた女体の奥深くで欲望を爆発させた。

「うおおううッ！」

視界が真っ白になるような快感のなかで、藤太はドクドクドクッと牡のエキスを噴射させていた——。

「う、ううーン……」

果てた藤太が正気をとり戻しても、悦子はまだ恍惚の状態をさまよっていた。

彼女のオルガスムスは一度や二度ではなく、何度も何度も断続的に起きて、抜こうという動きをするだけで「ぎゃー」と白目をむいてのけぞり悶えるのだ。

まるでお洩らししたようにシーツをぐしょぐしょに濡らした女は、最後は、死んだようにぐったりとのびてしまった。それでいて肉のピストンシリンダーは、まるでオイル切れで焼き付いたかのように、藤太の分身をがっちりと咥えこんで放そうとしない。

「生まれて初めて、あそこの奥でイク体験を味わったわ。感動……！」

我に返ると、悦子はすぐにまたセックスしてくれとねだり、熱烈なフェラチオで彼を甦らせてくれた。

二度目が終わったあと、藤太がおそるおそる持ちだしたデジカメ撮影は、事情を聞くと、

「こんなに歓ばせてくれたんだから断れないわね」と、またデートすることを条件に、快くOKしてくれた。

（やった！　これで二人ゲット！）

ホテルの外で悦子と別れた藤太は、夜空に向かってガッツポーズをとった。その時、彼のポケットで呼応するようにスマホが鳴った――。

第八章　妖艶奉仕に蠢く舌先

（ん？　ひょっとしたら……？）

悦子と痴漢プレイの約束をする前に、十人ほどの女たちに「攻め」のメールを送っていた。そのうちの誰かがレスしてきたのではないだろうか。

受信ボタンを押してタイトルを表示させると、それは《カスミ》という女からだった。

（あ、あの妙に気持ち悪い女たちがいっぱい登録していたサイトの……）

確か『T'sファン』という「女の子全員顔見せ」をうたっていたサイトだった。

一番、見られる子がカスミで、確かこんなメッセージをアップしていた。

《カスミ、二十四歳で～す。がっちりした体格で年上、おじさまタイプが好み。たっぷり楽しませてくれるタフでマジメな人、S＊＊線A＊＊駅近くで夜十時以降に会える人、メールください》

少し濃いめの化粧だったが、妖艶な感じにキュートな感じが混じって、印象に残る雰囲気だった。彼女なら大勢の男たちがメールを送ったはずだ。

ドキドキしながら本文を表示させる。このスリルに満ちたドキドキ感を味わいたくて、男や女はメールナンパに精を出すのだろう。

《はーい、田原さん。さっきT'sファンでメールをいただいたカスミです。これからでよかったら会いませんか。私は今、A＊＊駅の東口にいます》

自分は今、まさしくその東口に向かっているところだ。時間を見ると十時を少し過ぎている。

（今日はツイてるぞ。悦子をゲットして、しっかりイカせてやれたあとに、二人目が網にかかってくるとは……）

藤太は急いでレスを打った。

《カスミさん、メールありがとう。OKです。今、東口に向かっているところです。田原》

送信した数秒後に、早くも返事が飛びこんできた。

《よかった！　090－＊＊＊＊－＊＊＊＊にかけて！》

自分の携帯の番号を教えてきた。どちらもA＊＊駅にいるのだから、メールではなく直接に電話で連絡をとりあったほうが早い。

藤太がいろいろな参考書から仕入れた知識によるとメールナンパに応じる女性は、ふつう、待ちあわせの場所で男の姿を確認するまで、直電に切り替えないそうだ。

まず遠くから男の外見を見て、どう考えても自分のタイプではないと思った場合、そのまま姿を消しやすいようにだ。

(彼女のほうから直電を教えてきたということは、エンコー女か⁉)

女性が積極的な場合は援助交際を期待している場合が多いそうだ。つまりお金が目当てだから相手は誰でもいい。

(そういう女だったらダメだな……)

風俗が好きでプロの女は嫌いではない藤太だが「援交でゲットした女性はダメ」というのが賭けの条件なのである。直電になってからの交渉だと携帯ログに記録は残らないから、知らんぷりをして写真を撮ってしまえばいいようなものだが、そこはやはり藤太の良心が許さない。

(その時はその時だ)

藤太は、教えられた携帯の番号にかけてみた。すぐに弾んだ声が応答した。

《は〜い、カスミです!》

風邪だろうか、少しガラガラ声である。

《田原です。A＊＊駅の東口改札機のところにいます。黒っぽい背広で黒いブリーフケースを持っています》

嬉しそうな笑い声が鼓膜を打った。

《ひょっとして茶色のネクタイしていない？　だったら私、真正面にいるわ。赤いワンピースを着てる》

「えっ⁉」

目を上げて前を見ると、確かに赤いワンピースの女が携帯を耳にあてて立っていた。藤太を見て白い歯を見せて笑い、手を振った。デートが成立した。

（いい女だ！　ちょっとハデめだけれど。水商売かな。だとしたら……？）

液晶画面で見る画像はそんなにハッキリしたものではない。たいていは会えば裏切られるものだが、カスミの場合は良いほうに裏切ってくれた。

スラリとした体つきで、目鼻だちがクッキリとした美人だ。化粧が濃いというのを除けば欠点はない。

「は、はじめまして、田原です……」

駆け寄るように近づいてきたカスミという女に、藤太はあわててぴょこんと頭を下げた。

「うまく会えてラッキー！　私はＯＫよ。あなたがＯＫなら即ホテルへゴーしたいんだけど、どう？」

赤い口紅を塗った唇から単刀直入の言葉が飛びだしたので、藤太はガッカリした。これはやはり金目当ての商売女ではないか。

「ちょ、ちょっと待ってください。あの、援交だったら遠慮したいんですが……」

それを聞いてカスミが驚いたような顔になった。

「援交？　何言ってんの？　失礼ねえ、そんなふうに見える？」

キッと睨まれたので、藤太はドキッとした。

「いえ、あの……、いきなりホテルだと言われたので、それだったら援交かなと……」

カスミはまじまじと藤太の顔を見、頭の上から下まで眺めるようにした。それから声を和らげて言った。

「ねえ、田原さん。あなた『T'sファン』の〝T's〟って意味、知ってて私にメールした？」

「はあ？」

〝T's〟の意味を知ってるかと質問されて藤太はキョトンとした顔になった。

「何か意味があるんですか？　Tという頭文字の人が運営しているサイトかなと思ったけれど……」

「キャハハ！　やっぱり」

カスミがのけぞるようにして大声で笑った。

「な、何が『やっぱり』なんですか……」

訳が分からない様子の藤太の腕をとって、カスミという美女は、なおもクックッと笑いながら周囲に人のいない物陰に連れていった。

「あのね、Tというのはトランスベスタイトの略なの。トランスセクシャルでもいいけど、つまりホンモノの女ではない、ということ。私もそう。実は男なのよ」

「えーッ!?」

かなり離れたところにいる人間が振り返るほどの大声をあげたほど、藤太は驚いてしまった。

「あ、あなた、女じゃないんですか……？　じゃ、オカマ……？」

「まあ、オカマというのはトランスベスタイトを軽蔑した言葉だから好きじゃないんだけど、早く言えばそういうこと。女装愛好者とかシーメールと言ってくれると嬉しいんだけど」

「はあ、それで……」

道理で「全員顔出し」をうたったわりにブスな女が多かったわけだ。そしてカスミの声が太いガラガラ声なのも、携帯の小さな液晶画面では粒子が粗く細かい部分が表現できない。それで男だと分からなかったのだろう。

「でも、信じられないな。カスミさんはどこから見ても女だ……」

〝オカマ〟と呼ばれるような人間に興味を抱いたことがない藤太だが、いま目の前にいる、セクシーな妖しい魅力がいっぱいの若い女が男だと知らされて、急にゾクゾクするような、不思議な興奮が湧き起こってきた。

「どこから見ても女だ」

藤太のその言葉にウソはなかった。女装愛好者だというカスミにとって、それは最高のほめ言葉だったに違いない。身をよじるような女っぽい仕草をしながら嬉しそうに笑った。

「きみはニューハーフというのとは、また違うの？」

藤太の質問にカスミはこう答えた。

「ニューハーフというのは体を手術してしまった子を言うの。ともかくタマさえとれば男性ホルモンが作られないから、うんと女らしくなるのよね。私はシーメールだから、どこもいじっていないわよ。ちゃんとサオもタマもついてる。だからいつでも男に戻れるの」

聞けばカスミは、ふだんは印刷会社で働くサラリーマンだという。女装趣味に本格的にハマったのは、地方から東京の大学に進学して単身で暮らすようになってからだそうだ。最初のうちは部屋のなかで自分ひとりで女装して楽しんでいたが、化粧にも着付けにも自信がついてくると「男たちに女として扱われたい」という気持ちが高まってきて、夜になると街に繰りだしたくなる。

「最近は『T'sファン』のような、トランスベスタイト専門の出会い系サイトができて、いい男と出会えるチャンスが増えて嬉しいわ。田原さんは私の好みのがっちりタイプ。援交は援交でも私があなたを援交しちゃいたいぐらい。ホント、ホテル代は私が出すわ！」

カスミはヤル気まんまんで言い寄ってきた。

（ど、どうしようか……）

藤太はこれまでオカマなどに興味はなかった。カスミがいかにも「オカマ」という感じだったら、とっとと逃げ出していたことだろう。目の前のカスミは、声以外はとても魅力的な「女」だ。

（こんなに女っぽいんだものなあ。男だと思っても、そそられてしまうよ）

赤いワンピースの裾から見える腿はむっちりして、腰や尻の曲線など女としか思えない。目の前にいる妖しく美しい生き物がペニスを持った男だとは、どうしても思えない。

そうなると不思議なもので、がぜん好奇心が湧いてきた。迷いながらも彼の心はカスミのほうに傾いていった。

（こんな相手と体験してみるのも、悪くはないか）

それを察したのか、カスミは言葉巧みに誘うのだ。

「私、男の人のたくましいのを口で楽しませてあげるのが好きなの。あなたは何もしなくてもいいわ。天国に連れていってあげる」

その言葉を聞いてＯＫしようと思った時、ハッと思い出した。彼が携帯メールでナンパし続けているのは、クビを賭けて女たちをゲットするがためだ。男をゲットしたのでは意味がない。

（しかし、待てよ……）

ゲットした女たちの証拠写真は、あの部分までハッキリ撮ると決めてはいない。昨夜のジュリも、さっきの悦子も、隠す部分は隠させて撮影した。

（この子だって、隠させればいいんだ。たとえばうつぶせにして……）

ウソは嫌いな藤太だが、このニセ美女のヌードで憎い上司の目を騙してやるのも痛快な気がする。

「よし、ホテルに行ってもいいけど、きみのヌードを撮らせてもらっていいかな？　隠すところは隠してもいいけど」

「写真？　ＯＫよ！」

カスミは全然気にしない様子で答えた。男の時とは化粧で全然違った顔になっていることと、自分の美しさに酔う、ナルシシズムが強いせいだろう。

話は決まった。藤太はカスミと腕を組んでラブホテルに向かった。

その途中でカスミは、ふつうの男の子が女に変身する楽しみに耽るようになった理由を説明した。

「私の家族は兄が二人で、女のきょうだいがひとりもいなかったの。だから女の子にあこがれる部分が前々からあったんだと思う。男の子でも骨組やなんかは女の子みたいだったから、時々『女みたいだ』と冷やかされていたけれど、小学校六年の時、クラスの女の子の誕生会に招かれたのね。そこで冷やかされているうちに誰かが『女の子にしてしまおう』と言いだして、むりやり女の子の服を着せられてお化粧までさせられたのよ。最初はイヤだったけど、服を着せられているうちドキドキして、最後に鏡に映った自分を見たら、かわいい女の子になってるじゃない。もうウットリしてしまったわ！」

級友たちもカスミの変身ぶりに驚いてしまい、興奮していろいろ彼の体をいじり回したので、カスミは激しく勃起させられ、その時に初めて、射精を体験してしまった。

「なるほど、そういう体験をしたら、もうクセになってしまうね」

藤太はカスミの女装初体験の話を聞きながら、つい彼女の腰を抱いてワンピースの上から尻を撫でていた。

「ふふ、田原さんも興奮してるのね。私の話を聞いて……」

ホテルのエレベーターのなかでカスミは妖しく笑い、彼女も手を伸ばしてズボンの上から股間のふくらみに触れてきた。

「わッ、こんなに固くなってズキンズキンいってる！　早くしゃぶりたい！」

ホテルの部屋に入ると、カスミのほうが積極的にふるまった。藤太をベッドの縁に腰かけさせると、彼の前にひざまずいてズボンの前を開けるなり、さっき悦子の体のなかで噴きあげたのに、もう元気をとり戻してコチコチになっている肉槍を両手で捧げ持つようにした。

「石鹸の匂いがする……。ひょっとして私の前に誰かと？」

カンのいいカスミに問われて藤太は正直に答えた。

「うん、実は……。本当の女の子とね」

「純女（じゅんじょ）と？　何回やったの？」

「二回」

「へえー、それでもうこんなにビンビンなの？　田原さん、すごい精力の持ち主なんだ」

嬉しそうに驚いてみせて巧みに指を使い、年上の男を喜ばせながら言った。

「ヘンなのよね、フェラチオなんて前は好きじゃなかったんだけど、街で男とデートするようになって、いろいろ鍛えられているうちにだんだん好きになって、今は仕事してても頭のなかがこれでいっぱいになるの」

だからと言って女性とセックスできないことはなくて、周期的に男になって女性とセックスするのだという。その比率は半々だ。

「へえー、じゃあ両方と出来るんだ。それはうらやましい」

時には女になって男と楽しみ、また男になって女と楽しむ。それだったらふつうの人間の倍、セックスを楽しめるわけだ。

(うーん、おれもこの子のような美青年に生まれて、女装できたらどうだろうか?)

思わずそんなことを考えた藤太は、口紅を塗ったふっくらした唇にいきり立った肉槍の穂先を咥えこまれ、強く吸われ、舌をからめられ、喜びの声をあげさせられた。

「お、おーッ、最高!」

男の勃起した器官を、まるで美味なアイスキャンデーのように、しゃぶり、舐め、吸いまくるカスミ。

藤太は、彼女が「完全な女」ではないということなど、すっかり忘れて、脳が痺れとろけるような快楽に身をゆだねた。

カスミの唇と舌の使いかたは、本当の女たちと比べてまったく遜色がなかった。もし自分からシーメールだと打ち明けていなければ、この段階でもまだ、藤太は彼女のことを完全な女だと思っていたことだろう。

そのうち、カスミが口を離してひと息ついた瞬間があり、その時、ふっと理性が戻ってき

た藤太は、

（少し、違う……）

そう思った。いま自分の股間で頭をしきりに動かして、唾液に濡れた怒張器官をピストンのように口のなかに出し入れしている美女の与えてくれる快感は、他の女たちが同じことをしてくれた時のと、やはり少し違う。

（なぜだ……？）

下手ではないのだ。かといって上手すぎるということでもない。しばらく目を閉じ、さらにペニスにからみつく舌の与えてくれる快美な感覚を味わっていると、

（そうか……！）

理由に思いあたった。カスミは本来、その気になれば女性ともセックスできる「完全な男」でもあるのだ。女たちは教えられて反応を見ながら「こうすると気持ちいいようだ」と思いながら男を刺激している。その点、カスミは自分も持っている器官の、どこをどう刺激したらいいかを熟知している。同じ舌や唇を使っても、つねに的確なポイントを責めてくるのだから、女たちのとは違った風味の快楽を与えてくれるのは当然だ。

（もうひとりの自分が女になって自分にフェラチオしてくれているようだ。こんな気持ちよさは初めてだ。うう、クセになりそう……）

藤太は不思議な興奮を味わいながら、カスミの与えてくれる快感に身をゆだねていたが、舌と唇の動きはどんどん激しさを増してゆく。悦子相手に二度も放出したばかりだというのに、またもや射精の限界点が近づいてきた。

（うへ、こんなに早くイカされては男のコケンにかかわる！）

一直線にイカされてしまう失態を避けるには、自分からもカスミに刺激を与えて興奮させることだ。それによって相手の攻撃力を鈍らせ、ベッドでの主導権をとり戻さねばならない。

（反撃してやる）

藤太は自分の下腹部に顔を埋めている美しいシーメールの頭を押しのけ、自分の腕を彼女の腋にさしこむなり、ぐいと抱えあげた。まるでレスリングの技、サイド・スープレックスをかけられたように、カスミの体は浮きあがり、横ざまに一回転してベッドの上にあお向けに放り投げられた。

「きやッ！」

藤太の狙いどおり、カスミの体は宙返りさせられたことで、下半身を彼の上半身に入れ替えるような姿で、ベッドの上でもがいた。

「乱暴ね、びっくりした……、あッ」

再び、藤太の下腹部に顔を埋めにゆこうとしたカスミは、驚いたような声をだしてもがいた。藤太が乱れたワンピースの裾から内側へと手を滑りこませた。

「いやン」

鼻声になって両腿をぴったりと合わせる。驚いたことに彼女もまた、悦子のようにガーターベルトを着けてストッキングをはいていた。

「えッ、きみもガーターベルトかい?」

藤太が驚いた声を出したので、カスミは不思議そうな顔をして問い返した。

「どういう意味? 『きみも……』というのは?」

「いや、いまさっきデートした子も、ガーターベルトをしていたから」

藤太はカスミのワンピースの裾をめくり上げ、彼女の腿の部分をあらわにしてみた。白いミルク色の腿はツヤがあって、薄く静脈を透かせた肌はよく磨きあげた大理石のようだ。肌色のストッキングに包まれた脚線は、もともと体毛の少ない体質なのか、それともよほどていねいに除毛処理をしているのか、どう見ても女の脚である。ちゃんと足の指にも赤いペディキュアがされている。

「その子は満員電車のなかで痴漢されたい願望がある子なんだ」

横向きに寝そべった藤太の下半身からズボンと下着を脱がせたカスミは、あらためて唾液に濡れた勃起を握りしめて手で刺激しながら、藤太の話を聞いた。

「それはタッチされたいために着けているのよね。私の場合は、これが一番、女らしさを感じさせるから。男の服から女の服に着替える時、一番『ああ、女になってゆく』と思うのは、ガーターベルトを着けてストッキングを吊る時なの」

「それは分かる。絶対に男が自分で着けることがないものだからな」

藤太は自分の目の前にあるカスミの下半身をさらに手でまさぐった。ワンピースの乱れた裾からは白いレースが見えている。スリップの裾だ。今どきの若い娘がスリップを着ているというのは、かなり珍しいことだ。

「スリップも、同じ理由で着るの」とカスミは告白した。

――カスミが女装に目覚めたのは、小学生の時、級友の女の子の誕生会に呼ばれてふざけ半分、女の服を着せられた事件がきっかけなのだが、その時に一番興奮したのは、白いナイロンのスリップが素肌に触れた瞬間だったという。

「ほら、裾がレースでしょう。これが太腿のここに触るサラサラした感触に何とも言えないぐらいドキドキさせられたの。私が時々シーメールになるのは、スリップを着たいからだと言ってもウソではないわ」

「なるほど……」

感心しながら太腿を撫でてやると、カスミはフェラチオをしかけた頭の動きを止めて、

「ああ、感じる……。そこを撫でられると弱いの」

甘えた声をあげた。

「そうなのか。じゃあもっとやってやろう」

ワンピースとスリップの裾を思いきりめくり上げると、むっちりした二本の太腿が付け根まであらわになった。

「おう」

彼の目を射たのは、服に合わせたような赤い色のパンティだった。それはほとんど全部レースで作られたような感じで、細かい編み目の隙間から黒い茂みが透けて見える。そして、下腹が盛り上がっている。〝ヴィーナスの丘〟と呼ばれる女独特の恥丘と呼ばれる隆起にしてはもっと高い。よく見れば、それは男の器官を押さえつけているのだということが分かる。

「なかなかいい眺めだ」

藤太が口走った感想はウソではなかった。男が女の下着をはいているのだから、本当はこっけいでグロテスクな印象を受けるはずだが、藤太の目には妙に妖しくエロティックなものに映じたのだ。不思議なことである。

藤太は本能的に手を伸ばして、そのふくらみに触れた。レースごしに熱い肉を感じた。その感触は温かいフランクフルトソーセージのようだ。

「あッ、いや……ン！」

まさか、そこを触られるとは思っていなかったのだろうか、カスミはびっくりしたような、それでいて嬉しいような、鋭い叫び声をあげてビクッと下半身をうち震わせた。その瞬間、藤太は言い知れない興奮を覚えた。

（この興奮はどこから来るんだろう？）

カスミの赤いレースに包まれた、女のものではない隆起を撫で、揉むようにしながら、藤太は、自分でも驚きつつ自問していた。

（それは、ここ以外はどう見えても女だからだ……）

服を脱がせて真っ裸にしてしまえば、そこには、なよなよとしてはいるが、紛れもない男の体があるのだろうが、いま、女の服を着て下着を着けて化粧をしているカスミは、隆起以外の他の部分は女そのものだ。いや、下腹部を触られて恥じらうような動きを見せながら体をよじるようにする、拒むような誘うような動作も、女としか思えない。

その部分はどんどんふくらみ、固くなり、熱を帯び、ズキンズキンという脈動を藤太の指に伝えてくる。今はもう、赤いレースのショーツのその部分は、テントの支柱が立ちかけたような状態を見せてきた。

（そうか……）

男と分かっているのに、その肉体になぜ欲望をそそられるのか、その理由に藤太は思いあたった。

(カスミは、女の服を着た「男」というだけじゃなくて、そのなかに「女」を抱えているんだ。その「女」が、ぼくを興奮させるんじゃないかな)

今ではもう「男」だと正体がバレているのに、それでも藤太が目の前の肉体にそそられるのは、カスミのなかに濃厚な「女」の部分があるからなのだろう。

(ということは、ぼくは「女」に対して興奮しているんだから、それは自然な行為なわけだ)

藤太はいま、ベッドの上で、隆起している器官をパンティごしに愛撫している。やってることは何だかとてつもなく変態的な行為のようだけれど、そう考えれば、さっき悦子に対して興奮し、欲望をぶつけたのと同じ、男として当たり前の行為ではないか。

はたしてそれで全部が説明できるのかどうか分からないが、カスミのような「女」を求めて、『T'sファン』に群がってくる男たちがいるのも、別に不思議なことではない——ということになる。

藤太がそんなことを考えているうちに、彼とは反対向きに横たわって、こちらはこちらで彼のスッポンポンの下半身に向かい、むきだしの欲望器官にむしゃぶりついているカスミは、

「あ、う……ん、そんなにされると、うう、はあッ、感じ……ちゃうぅぅ」

　咥えていたものから口を離し、悩ましい鼻声をあげて悶えはじめた。演技でもなさそうだ。藤太の与える刺激がだんだん強くなってきたからだ。

　藤太にしてみれば、いま自分が触っているのは、自分にある器官と同じものなわけで、女性の秘部と違ってその構造はよく知っている。どこをどうされればどんな感覚が生じるかも分かっている。

（妙な気分だな。これは一種のオナニーだ）

　藤太はますます夢を見ているような、現実感が失せていく気分を味わった。

　ついにレースごしにヌルヌルした感触が伝わってきた。興奮させられたカスミは、男として当然起きる、透明なカウパー腺液を洩らしはじめたのだ。

（これは……ますます興奮するなあ）

　それは電車のなかで悦子のショーツに触れて、そこが湿っているのに気づいたのと同じような、胸がワクワクと躍るような、さらに征服欲をそそる感動だった。

「田原さん、ダメ……、やめてぇ、イッちゃう」

　ふいにカスミが、太いけれども女そのものの口調で切迫した声を放ち、体をよじって逃げようとした。

「あ、そんなに感じてたのか。ごめん」

ハッと我に返った藤太は謝った。女性の場合と違って男性は精液を噴き上げるのだから、下手をすると下着も服も汚れてしまう。

「ううん、謝ることはないわよ、すっごく気持ちよく感じさせられたから」

カスミは、自分が握りしめている藤太の肉槍を、愛おしげに、感情をこめて撫でさすり、揉むようにした。

「お、うう……」

今度は藤太が腰を突き上げるようにして呻き、悶える番だった。

「うふッ、田原さんも、もうたまんない状態よね。だったら、トコロテンで一緒にイカない？」

カスミが誘惑する顔と声で告げた言葉の、意味が分からなかった。

「トコロテン？」

それはカスミの顔とメッセージを発見した『T'sファン』の掲示板でも、いくつか書かれていた単語だった。まったく別の世界にいた藤太には、初めて耳にするものである。

「トコロテンってどうして作るのか知ってるでしょう？　四角い水鉄砲のようなものにトコロテンのカタマリを入れて、ピストンを押し込むと……」

「あ、そうか……」

カスミの誘惑する行為の意味が分かった藤太は、驚きの声をあげた。同時に全身を走るザワザワッという戦慄を覚えないわけにはいかない。

「つまり、ぼくがきみをアナルセックスする？」

ニンマリ笑ってうなずいた笑顔の妖艶さは、これまでの女たち以上だ。

「そういうこと。田原さんが出せば私も出す。一方から入れてもう一方から出てくるからトコロテン」

これが興奮する前の冷静な状態での誘いだったら、藤太は受け入れただろうか。

自分も肉槍の先端からカウパー腺液を溢れさせて、欲望の堤防が今にも破れそうな状態での提案は、とてつもなく魅力的な誘いに思える。

男はやはり、肉体の中に激情を放出して果てたいものだ。それに、風俗店ではアナルセックスはごく一般的なサービスになっている。藤太だって「純女」を相手にして、何度もアナルで満足させてもらった。

入口を自在に締めたり緩めたりできる器官だから、慣れた女性だと、巧みな技巧によって、本来のセックス以上の快楽を与えてくれるものだ。

（ええい、もう、毒を食らわば皿までだ）

そんなやけっぱちの気持ちも半分で、

「それじゃ……やってみようか」

あまり考えることなしに藤太は答えていた。

カスミの「女」の部分を愛するのだ――と考えれば、これもまた当たり前の行為だ。

「嬉しい。シーメールと楽しむのは、やっぱりトコロテンが最高よ。準備するから待っててね」

カスミは白い歯を見せて笑い、立ち上がってバスルームへと姿を消した――。

第九章　恍惚の肛門性交

バスルームで「準備」を終えたカスミは、白いスリップ一枚という姿で出てきた。

さすがに肩のあたりが、女にしては少しいかつい感じがするが、肌が白くなめらかなせいで、正体があらわになるということは決してない。

全身ではなく、必要な部分にだけシャワーを使ったという感じだ。入れ替わりにバスルームに入った藤太は、カスミから離れたせいかさすがに頭が冷えてきた。

（あの子を相手にして、このぼくに〝トコロテン〟なんてものができるのだろうか……）

ちょっと弱気が出てきて、いきり立っていた分身の勢いが、少し弱まった。

（こらこら。ここまできておじけづいてどうする）

萎えそうになる自分を励ましながら、腰にバスタオルを巻きつけた裸で部屋に戻ると、照明は極端に暗くされていた。上掛けを剝いでシーツだけのベッドに、枕に顔を埋めるようにして、カスミがうつぶせに横たわっていた。

（うわ、グッとくる……）

両足はやや開くようにして投げ出し、両手は枕を抱えるようにしている。白いスリップはまだ着けているが、薄いナイロンの下に、赤いレースのショーツが透けて見えていない。つまりショーツは脱いでいるということだ。

スリップのヒップを持ち上げている二つの丘は、そこだけ見れば絶対に女の子だ。

「いいケツだなぁ。そそられるよ……」

そう言いながらベッドにのぼり、スリップの上から悩ましい肉丘を撫でた。その感触も、さっき電車のなかでさんざん撫でまわした悦子のそれと少しも変わらない。

「うぅ……ン」

甘えるように鼻を鳴らして、白いナイロンに包まれた体がくねる。一度は萎えかかった藤太の興奮は、再び高まった。

彼がバスタオルを外して投げ捨てると、カスミが右手を背中のほうに回して、自分の腰をまたいでいる藤太の分身器官を触れ、つかむようにした。

「硬い……。これなら大丈夫よ！」

励ますように言うと、くるりとあお向けになり、体を下に滑らせて、男の下腹へ顔を押し付けてきた。温かい唾液でいっぱいの口にすっぽりと包まれ、はち切れそうに膨張した肉に優しく舌がからみつく。

再び濃厚で情熱的なフェラチオを受けて、藤太は快感に酔い痴れた。このままイッてもいい、とさえ思ったところで、カスミはいきり立った肉槍を口から引き抜き、すばやく薄いゴムをかぶせた。

「来て……。私のなかに」

ふたたびうつぶせになると、少し尻を浮かせ気味にして、誘うように下半身をくねらせた。

「よし、犯ってやる」

天井を睨みつけているような肉槍の穂先を片手で押さえ、全裸の藤太は妖美なシーメールの両足を開かせてスリップの裾をめくり上げた。

ほのかな照明を受けて輝くような二つの肉丘があらわになった。藤太の目標である肉の穴は、丘と丘の深い谷間の底にひっそりと息づいている。

男に犯させるだけではなく、自分でもいろいろなものを挿入して楽しんできた器官だろうが、それにしては歪みもなく、変わった形状をしていない。かつてアナルセックスを楽しんだ風俗嬢よりはずっと見た目はきれいだ。

「具合のよさそうな穴だ」

と、藤太がほめるように感想を口にすると、枕を抱くようにして顔を埋めているカスミは、

「だって大事にしているもの」

と、囁くような声で返事をした。

その声が震えを帯びているのは、彼女もこれからたくましい肉の槍を打ち込まれることを期待して、激しく興奮しているからだろう。

指を触れてみると、肉輪の周囲はローションでヌルヌルしている。つまり藤太を受け入れる準備は整っているのだ。

「いくぞ」

襞々で囲まれた肉穴の中心に薄いゴムで被覆した肉槍の先端をあてがう。

ぐいと力をこめた。

「う……」

カスミが呻いた。すぼまりがキュッと絞まる。

何度か経験したことのある藤太は、そのほうが侵入しやすいことを知っている。なまじ緩めるよりも、力をこめてすぼめたアヌスのほうが挿入しやすい。パンパンにふくらんだ紙風船のほうが、空気が抜けてへなへなになった紙風船より指で突き破りやすい。それと同じ原理だ。

「うぬ……ッ」

すぼまった菊の花びらのような肉輪の中心に、グイと亀頭を押しつけ、受け入れに抵抗してくる粘膜の感覚を楽しみながら、藤太は征服欲をさらに激しく燃えあがらせた。

　強引に突きたてられ、押し込まれる肉槍の穂先は、ローションで潤滑された粘膜の通路を、みしみし軋ませるようにこじあけて没入してゆく。

「あう、来た……。もっと来て……ぇ。はうう、ッ」

　シーツの上に腹這いになって、持ち上げた尻の中央にある器官を藤太に捧げているカスミは、顔を埋めた枕をさらにきつく抱きしめるようにして、苦悶するような、それでいて陶酔するような呻き声を洩らし続けた。

　ズブ！

　藤太の侵入を強く拒んでいた肉輪の関門が、ついに抵抗をやめた。

　ズズ、ズブズブ……。

　粘膜トンネルを押しやぶったとたん、今までの抵抗がウソのように、まるで吸い込まれるように、いきりたった肉槍は根元まで没入してしまった。

「入った」

　藤太が告げると、

「うれしい！　ああ、たくましいのがいっぱい」

　白いスリップをまとったシーメール美女は感激した声で応えた。

「ねえ、グッと深く突いてズーッと抜いて、またグッと強く突いてくれない？　奥から入口まで一気に」

甘え声でねだってきた。

「あなたを天国にイカしてあげる」

（つまり前立腺を刺激してほしいのだな）

藤太はひとり合点した。前立腺マッサージを看板にした風俗店が多いのは、男たちは直腸の奥の前立腺を刺激されると、射精するほどの快感を味わう場合があるからだ。

「よし、思いきり突いてやるぞ」

さらにカスミの尻を高く抱えあげるようにして、藤太は男女に共通している肉のトンネルをズコンズコンと、深く、強く、突いては引いた。

「あう、あうーッ、あああああ、感じる！　いい、気持ちいい！」

カスミの唇から甲高いよがり声が迸り出た。とても演技とは思えない。

「おお、こっちも気持ちいいぞ。よく絞まる……」

腰を使いながら、藤太は驚きの声で口走った。

肛門は狭いが、直腸になると男も女も緩いものだ。膣のような締めつけを期待する男性は期待を裏切られることが多い。カスミは裏切らなかった。

カスミのすぼまりは、熱く焼けた肉のピストンを引き抜こうとすると、まるで妨げるようにギューッと締めつけてくるのだ。反対に押し込んでゆくとまるで歓迎するかのように締めつけはゆるむ。

ズン、と奥まで突かれた時に全体がまたギューッと絞められる。どういう訓練によるものか、その時の感覚は女の体のなかに没入した時と変わらないほどの快美な感覚だ。

「これは……具合がいい！　カスミのケツマ×コは最高だ。女よりいい！」

藤太は頭が真っ白になるような、理性が完全に痺れてしまい、下腹がドロドロに溶けてしまいそうな快楽に酔い痴れた。ふだんは口に出さない、淫らな言葉まで吐いてしまった。

「私も感じる、すごく感じるぅ。ああ、いい、いい、うーん、すごい。こんなの初めて……」

カスミもよがり声をまきちらしながら全身をうち震わせ、自分から腰をゆすり立て、前後に動かしはじめた。つまり藤太の槍を迎えるような動きだ。そのおかげで奥まで叩きつける勢いは倍加した。

「あうー、もう、ダメ、イキそう……」

カスミのよがりかたが盛大なので、藤太はかえって疑惑を抱いてしまった。

（本当にそんなに感じているのか？）

右手を前から回して、彼女の下腹をさぐった。すぐにガチガチに固い、熱い、湿った、棍棒のようなものに触れた。

「すげえ」

思わず驚きの声を発してしまった。いま、カスミの体のなかでピストンと化している自分の肉器官と、ほとんど負けないぐらいのサイズと固さだ。しかも先端はヌルヌルしている。

「ああ、そんなに握ったらダメぇ」

狼狽したようにカスミが叫ぶ。彼女も激しく興奮している。狂ったようなよがり声は演技ではなかった。

(そんなに気持ちがいいのか。羨ましいぞ)

藤太は、前立腺マッサージの店でもアヌスに快感を覚えたことがない。だから今、自分が激しいピストン運動でもって犯しているシーメールの感受性に驚いてしまった。

カスミは女のように犯されながら、男のものをギンギンに勃起させ、先走りの液をダラダラ溢れさせるほど快感を味わっている。

(時々、女に変身して、男に犯される快感に身を委ねる人生というのも、悪くはないか……)

まあ、藤太がどんなにがんばって女装してみても、カスミのように妖しく美しく変身はできないだろうが、そんな妄想を誘発するほどに、体の下で性の歓びに体をうち震わせている生き物は魅力的だった。

悦子と二度も楽しんだのだから、彼の分身はかなり鈍くなっているはずなのに、藤太の欲望はますます烈火のように燃えさかり、快感の波は溢れるところまで押し寄せてきた。

「くそ……ッ、イキそうだ……、あうッ」

限界に達しそうになった瞬間、

「だめ、一緒じゃなきゃ」

カスミがそれまで片手に握りしめていた、レースの赤いショーツを自分の股間にあてがって、藤太に握らせた。つまり、自分の射精をショーツで受け止めてくれというのだ。

「それが、気持ちいいの」

初めて下着女装した頃、ショーツを着けたまま、あるいは勃起したペニスをくるんで射精したので、それがクセになっているのだ。

藤太は、自分が犯しているシーメールの勃起した肉をショーツでくるみ、握りしめ、しごき立ててやった。

「ああ、あ、うーん、気持ちいい。たまら、な、いいいいッ!」

イクまぎわの女と同じように甲高い声で叫び、がくがくと体をふるわせるカスミは、藤太に向かって哀願するような言葉を発した。

「お願い、一緒に、イッてぇ！」

藤太も興奮の極限に達していた。いまは押し寄せる快楽のうねりに身を投じる時だ。

「よし、一緒だぞ」

勢いをつけて深く突き立ててやると、カスミの体が痙攣した。

ショーツでくるんだ熱い肉がぶわッとふくらんだかと思うと、オナニーの時に感じる断続的な痙攣が伝わってきた。

「ああう、イク、ああ、イク……！」

カスミがシーツをかきむしるようにして白いスリップに包まれた背筋をそり返るようにした。脚の先まで突っ張らせた。

ドクドクドク！

女らしいなよやかな体の奥底から、男のエキスが沸騰し噴出してきた。

ドクドクドクッ！

痙攣するカスミの欲望器官の先端から、熱い液体が迸り出てショーツを濡らした。その熱が藤太のてのひらに伝わる。

「イッたな、カスミ」

自分のペニスで女たちをイカせたのと同じ満足感を味わう藤太。彼のペニスは精液を噴射するカスミの肉にきつく締めつけられ、ほとんど二、三秒の遅れで射精した。

ドクドクドクッ！

自分の送りこんだ精液がそのままカスミのペニスから吐きだされている、そんな錯覚を味わった。

（なるほど、これがトコロテンの味か……）

生まれて初めて味わう「女」との快楽は、藤太の意識を薄れさせるほど強烈なものだった――。

第十章　ＯＬたちの美尻嬲り

「へえ――、昨日は二人もゲットしたのか。それは、がんばったな」

昼休み、営業三課の下村に昨日のメールのログと、デジカメで写した画像を見せにゆくと、賭けの審判役をつとめさせられている同僚は、驚いた表情を見せた。

それまで五日間を費してわずかひとりをゲットしただけだから、賭けは負けだと思っていたに違いない。

「今日を入れて残りは九日。あと七人なら、このペースならまだ希望はあるな」

そう言いながら証拠のデジカメ画像を眺める。

悦子のヌードは何も問題はない。恥じらう顔をすこしそむけるようにして、乳房ははだけたまま、片手で秘部は隠して、レンズに向けてVサインを突きだしている姿は欲望をそそる。

藤太が不安だったのはカスミのほうである。

（なに、ぼくはカスミのなかの「女」とセックスしたのだから、だますわけではない）

自分にそう言いきかせてシーメール美女を戦果のひとりに加えたのだが、本来は男の体なのだ。

事情を聞かされたカスミはおもしろがって、悦子以上にヌード撮影に協力してポーズをとってくれた。両手を使って胸と股間を隠すと、それ以外の部分はどう見ても女だ。それでも下村がじっと目をこらすので、藤太は冷や汗をかいた。

「うん、どっちも合格だな」

下村がじっと見つめたのは、疑いを抱いたわけではなく、彼もカスミの妖しい魅力にひかれたからのようだ。藤太は詰めていた息をフーッと吐いた。

「常務は今日休んでいる。きみの戦果については明日、おれから報告する」

携帯電話とデジカメを返しながら下村が言った。

「常務が休み?」藤太は驚いた。

常務の竹中虎二はつね日ごろ、健康を自慢にしている。休むのは珍しいことだ。

「うん、体調が気になるらしい。病院で検査を受けているそうだ」

「ふーん、そうなのか」

藤太にとっては天敵に等しい相手だから、その事実を特に気にすることもなく自分の机に戻った。

（さて、今夜の相手を探さないと……）

昼休みは食事もそこそこに、メールナンパに精を出すのが日課になっている。携帯に届いているメールをチェックするが、朝に何本も打った「攻め」のメールに反応はゼロ。「待ち」のほうには一本、レスが入っていたが《二枚でどうでしょうか》と露骨な援助交際をもちかけたものだった。

藤太の肩はガックリと落ちてしまう。

〈やっぱりふつうの出会い系SNSはダメだな……〉

正直すぎる藤太の自己紹介に、今どきの女たちは目もくれない。関心を抱くとすれば相手は誰でもいいと考えている男ひでりのデブス系、でなければエンコー目的の女だけだ。若い独身女性がダメとなると不倫願望の人妻ということになるが、こちらは昼間OKで夜はダメというのが圧倒的。

（やはりフェティッシュ系かな……）

痴漢願望の悦子のように、秘められた欲望を抱いて悶々としている女。そういう女たちを狙うのが、短期決戦の場合は一番いいのかもしれない。

藤太は検索サイトに入って自分に向いたところがないかを探しはじめた。

といっても、藤太自身、何かのフェチと自覚しているわけではないから、キーワードを探すのが難しい。ようやく目についたのが〝スパンキング〟という文字だった。

（スパンキング——お尻叩きか……。ふむ）

その瞬間、藤太の脳裏にパッと閃くように映像が浮かびあがった。

——まだ小学生の頃のこと。藤太の隣の家に、半年ぐらい移り住んできた一家があった。

家を新築する間だけの借家住いで、特に近所づきあいをしたわけでもなかったから、藤太の家族にとっては印象の薄い人々だった。

ただ藤太だけは、彼らのことが気になっていた。というのは自分と同じ、十歳ぐらいの女の子がいて、子供心にドキドキするぐらい愛らしかったからだ。

ある日の午後、彼がひとりでいる時、庭の塀ごしに少女の父親らしい男が大声で叱っているのが聞こえた。その合間にパシン、パシンという音が聞こえてくる。

（何だろう？）

子供心にも、あの少女がきつく叱られているのだと分かる。時々、悲鳴のような声も聞こえた。それで事情が分かってきた。

（お仕置きされているんだ……！）

好奇心に負けた少年はこっそり塀のところに行き、隙間から隣家を覗いてみた。

「うわーッ！」

目に飛び込んできた光景に、藤太は思わず驚きの声を洩らした。

戸を開け放した縁先に腰を降ろした父親が膝に、うつぶせにした娘をのせていた。そのスカートがまくられてパンティが引き降ろされ、少女の真っ白なお尻がまる出しにされている。

「本当に何度言ったら分かるんだ！」

少女が何か不始末をしでかしたのを父親が怒って、自分の娘の尻を平手で叩いてお仕置きしているのだった。

パシン、パシン！

父親はふだんは娘に対して甘い感じの温厚な人物に見えたが、その時は顔を真っ赤にして怒っていた。膝の上で暴れる娘の首根っこを片手で押さえつけるようにして、もう一方の手をまるで太鼓でも叩くかのように振りかざしては振り降ろしていた。

そのたびにバシッ、バシッ！と小気味のよい音が立った。

「痛い！　許して、パパ。あーん！」

覗き見している藤太でさえ思わず首を縮めたぐらいの勢いで打ち叩いているのだから、少女はさぞ痛かったに違いない。打たれるたびに悲鳴をあげ、許しを求めて泣き叫ぶ。

（かわいそう……！）

藤太は少女に同情しながら、もう一方では、不思議なことに父親に加勢していた。

それまでにかなりの回数平手打ちされたのだろう、少女の白いお尻は、二つのまるい丘の頂上がドス黒いほど赤くなり、周辺にゆくにつれて赤みが薄れ、ピンク色を呈していた。

むきだしにされて赤く染まるまるい尻たぶと、足にはいていた白いソックスが打たれるたびに宙に躍る光景が、そのあと長らく藤太の脳裏に刻みつけられた。

やがて少女は解放されたが、下着は降ろしたまま、座敷のほうを向いた姿勢でしばらく立たされていた。

しくしく泣きじゃくる姿に胸がキュンと締めつけられるような感情に襲われた藤太は、しばらくの間、その光景を忘れることが出来なかった。

夜、寝床に横たわっている時、少女のお尻を思い出すと胸が騒ぎ、そうするとパンツの下でまだ無毛の股間が熱くなり、ペニスが固くなるのを自覚したものだ。

幸か不幸か、藤太自身は親からも誰からも、お尻を叩かれてお仕置きされた経験はない。

お尻を叩かれるのがスパンキングと呼ばれる行為だと知ったのは、ずっと後になってのことだ。

（そうか、スパンキングなら出来るかな……）

SMというと鞭やらロウソクで責めるという陰惨でグロテスクなイメージがあるが、女のまるい白いお尻を平手で叩くのは、SMとは違うような気がする。

少年の時の視覚体験のせいか、なぜか女のお尻を見ると叩いて赤くしてやりたい欲望を覚えることがあるが、まだ一度もそんなことをしたことがない。

ところが、検索サイトの助けを借りると、スパンキング愛好者に呼びかけるSNSがいくつも存在している。

ためしに『レッド・チーク』というSNSに入ってみた。

ふつうの出会い系と違って、そこは掲示板が「スパンカー」と「スパンキー」に分かれていた。スパンカーというのが叩きたいほうで、スパンキーというのが叩かれたいほうらしい。

藤太は当然、スパンキーのほうのメッセージに目を通していった。すぐ嬉しいことに気がついた。《厳しくお仕置きしてくださる年上の男性を希望》というように、男性なら年長者、それも中高年までOKという女性からのメッセージがいくつもあるのだ。

(そうか！　あの子のように、父親や教師などに叩かれてスパンキングが好きになったのなら、当然、年上の相手を望むわけだ)

今まで自分の年齢やおじさん臭い外見を気にしていた藤太だが、お仕置きされたいという女たちが相手なら、問題がないどころか、逆にセールスポイントになる。がぜんやる気が出てきた。

レッド・チークというのは「赤い頰(ほお)」という意味で、スパンキングの世界では叩かれて赤く腫れあがった尻たぶを指すらしい。

藤太はとりあえず『レッド・チーク』なるSNSに自分を登録しておくことにした。

このSNSはスパンキングに関係のない人間を出入りさせないよう、まず登録して自己紹介をすませないと、誰とも連絡がとれないシステムをとっている。

これまで登録しているスパンカーの男たちの文章を参考にして、こう書いた。

《はじめまして。スパンカーの田原です。丸の内のオフィスで働く厳格な課長です。やる気のない、だらしない、言うことをきかないOLたちをいつもきびしく指導している三十二歳。体格はがっちり、手は大きいので、私のスパンキングはとても利きます。悪いOLはお尻を叩いて根性も叩き直してあげます》

実際の藤太は女子社員に厳しい上司ではないが、やる気のないOLには腹を立てることが多いから、まんざらウソでもないのだ。

お尻を叩くのに初心者もベテランもないだろうと思ったが、このSNSに用意されている「スパンカーの心得」というような文章も読んでおいた。

《スパンキングはやはり、オーバー・ザ・ニーにはじまり、オーバー・ザ・ニーに終わるといっても過言ではないでしょう……》

子供のころに藤太が見たような、膝の上に相手をうつぶせに寝かせてお尻を叩くというのが、一番ポピュラーな叩きかたらしい。

（ふーむ、単にお尻を叩くだけでもいろいろなポーズや叩きかたがあるのか。案外、奥が深い世界だ……）

感心しながら読んでいると、メールの到来を告げる信号音が鳴った。

届いたメールは、いま登録したばかりの『レッド・チーク』から転送されてきたものだった。

（ん？　書き込んだばかりなのに……）

五分とたっていないのにもう反応が返ってくるというのは、一般の出会い系サイトではめったに経験したことがない。

《田原さん、初めまして。同じ都内でオフィスに働く二十五歳のＯＬ、まりこです。仕事中はいつもボーッとしていけないことを考えてる悪い女の子。よかったら今夜でも、きびしくお仕置きしていただけませんか。お仕事の帰りにでもお目にかかれたらと思います。お返事待ってます》

藤太はびっくりした。初回からこんなに積極的なメールをもらうのは珍しい。

（よし、即レスだ！）

まだ昼休み中なのを幸いに、藤太は〝まりこ〟という女に向けて返信メールを打ちはじめた。

《まりこさん、仕事中にいけないことを考えているOLさんはお尻をまる出しにして、お猿さんのように真っ赤になるまで叩いてやる必要があります。今夜OKです。場所と時間を指定してください》

送信ボタンを押したと思ったら、ほとんどすぐに、またレスが返ってきた。藤太もメールを打つのに慣れてきたが、やはり若い女たちにはかなわない。みんな彼の十倍は早く打つ。

《まりこです。では五時半に赤坂スカイタワーの東玄関まで来てください。その頃メール入れます。よろしく》

赤坂スカイタワーというのは新しく完成した六十階建ての巨大な超高層オフィスビルだ。しかも藤太が今いるオフィスビルからは歩いても数分という距離である。これまでの悪戦苦闘はなんだったのかと思うぐらいあっけなく、デートが決まってしまった。

（鬼が出るか蛇が出るか……）

退社後、待ち合わせ地点に向かう藤太は、やはり胸がときめいた。

（さて、どの子かな……）

指定された赤坂スカイタワーの東玄関は、早くもこの界隈で一番の待ち合わせスポットになっているらしく、会社帰りの大勢の男女がひしめいていた。

用心ぶかい女性は相手の特徴や目印となるものを聞き出しておき、自分のことはなるべく教えないで、こういう場所に呼び出す。早くに来て、遠くから気づかれないよう相手を確認するための作戦だ。その時、ひと目見て相手のことが気にいらなければ、そのまま立ち去って連絡も断ってしまう。直の番号やメルアドを教えていないかぎり、振られた男のほうは追いかけることができない。

実は、藤太も早い時期に二度、三度とこういう経験をしているから、待ち合わせ場所に着いてもあまり期待はしないように努める。

(まりこという子は、もう来て、どこかからおれを見張っているのだろうか)

スマホを手にしてきょろきょろしている男女たちに混じってぼんやりと立っていると、彼のスマホが鳴った。

《まりこです。いま、赤坂スカイタワーのなかにいます。通路を入ってエレベーターのあるメインホールまで来てください》

もうサイト経由ではなくじかにメール発信している。そのアドレスに藤太は返信メールを打った。

《了解。ぼくは黒い背広を着て赤っぽいネクタイ。茶色のかばんを持っている》

オフィスビルから溢れ出てくる勤め人たちに逆らうようにビルのメインホールへとなかへ進みながら、藤太は首をひねった。

（どうして外に出て来ないのだろう？）

　エレベーターが八基もある大きなホールできょろきょろしていると、背後から声がかかった。

「田原さんですか？」

　驚いてふり返ると、ウグイス色したＯＬの制服を着た女性が立っていた。

「えッ、はい。じゃ、あなたがまりこさん……？」

「そうです」

　年齢は二十五よりもっといってるかもしれない。ＯＬとしてはベテランの部類に属する、落ち着いた感じの女性である。

　もちろん容姿のチェックはクリアーする、頭のよさそうな美人だ。

　それにしてもまだ制服を着ていることが不思議だ。待ち合わせ場所にはデートの仕度をしてやってくるのがふつうだろう。

「驚かれるかもしれませんが、デートの場所はこのビルのなかに用意しているんです。一緒にいらしてください。あ、その前にこれをかけてくださいますか」

　彼女は手にしていたサングラスを渡した。何がなんだか分からないままサングラスをかけさせられた藤太は、びっくりした。目の前が真っ暗だ。

「うわ、何も見えない」

光を通さない黒いガラスがはめ込まれているのだ。

「実は目隠しのためなんです。というのも、これからご案内するところを知られたくないものので。もしイヤでしたらデートは中止します」

藤太はますます驚いた。彼女が何をたくらんでいるのか分からない。しかし不安よりも好奇心のほうが先にたった。

「大丈夫です。とって食われることはないでしょう。それにあなたのヒップはなかなか魅力的だ」

「うふ、そう言っていただけると嬉しいですわ。ではこちらに……」

レンズの部分が大きいので視野は完全に塞がれる。一時的に盲目になってしまった年上の男を、ＯＬの制服を着た女が片腕をとって導いた。

藤太はまりこに誘導されてエレベーターに乗った。

この時間、下りは満員でも昇りは二人きりだ。上昇する箱のなかで、藤太はなぜ自分が目隠し用のサングラスをかけさせられたのか分かった。

（このビルは六十階だ。どの階なのか分からなければ再び探すのはほとんど不可能に近い）

何百というオフィスがあって何千人ものＯＬが働く巨大なビルなのだ。

エレベーターが停止した。何階だかさっぱり分からないフロアの廊下を歩かされる。方向感覚は完全に失なわれた。

「こちらです」

ドアを二回通り抜けた。オフィスのなかの部屋に連れこまれたのだ。

「もういいですよ」

言われて目隠し用のサングラスを外した藤太は、自分が窓のない小部屋にいるのを発見した。

どこにでもあるような、オフィスの一画を仕切った、小会議室といった感じ。大きなテーブルを囲んでパイプ椅子が八脚置かれている。あとは黒板があるだけだ。ドアには採光用のガラスがついているが、向こうは真っ暗だ。

「誰もいないオフィスを使わせてもらうのです。そのほうがいけないOLをお仕置きする場所として雰囲気があるでしょう？」

呆気にとられている藤太の顔を面白そうに眺めながら、まりこは説明した。

「じゃ、面接は飛ばして即お仕置きということかい？」

ここまで連れてきたということは、まりこのほうは藤太でOKなわけだ。もちろん藤太に文句はない。

「そうです。二時間すると警備員が回ってきますので、それまでたっぷりお仕置きしてください」

期待するような誘うような微笑を浮かべて、藤太を椅子のひとつに座らせた。女の匂いが彼を勃起させた。

初めて会って言葉もロクに交わさないうちに積極的にスパンキング・プレイに誘われた藤太は、腹をくくった。

「では、望みどおり、お仕置きしてやろう」

椅子にふんぞり返った。決して若くはないが、じゅうぶんに魅力的なOLを前にして、股間がもう熱くなり、ふくらんでくる。

「まりこ……では気分が出ないな。きみの姓は？」

「はい、田中(たなか)です」

「では田中くん。きみは私の部下で、私は部長だ。いいね？」

「はい、部長」

藤太の前に立ち、しおらしく両手を体の前、下腹のところで重ねるようにしてOLは、小声で答えた。

「声が小さい！　まったくハキハキしない女だ！」

藤太は大声で怒鳴りつけた。まりこがビクンと震えた。その瞬間、藤太は胸のつかえが降りたような、スーッとする快感を覚えた。

藤太は直情径行の性格だから、かなりストレートに感情を表現する。それでも職場のOLを怒鳴りつけるようなことは、めったにない。上司や組合から厳重に注意されているからだ。

最近はちょっとした言葉でも「セクハラだ」と咎められるし、それ以前にヘタに叱ってふてくされさせると、陰湿な仕返しが待っている。他のOLたちと計らって、必要な資料を捨てる、電話をとり継がない、ものを頼んでも徹底的に無視される――。仕事ができなくなるぐらいの集団的ないじめが繰り返される。

こうなると、いくら彼女たちに落ち度があっても、男性社員のほうが「部下の人心を掌握できない」と思われて、上司の評価が悪くなる。だから、男性の社員が大声で女性の部下を叱るなど、めったにできることではない。

目の前にいるまりこを思いきり叱り飛ばした時に味わった快感は、藤太に、今まで自分の胸にだけ抑えこんでいたうっぷんを晴らせたからである。

（胸がスッとする……）

何せ、まりこという女は実際には部下でもなんでもない。陰湿な復讐を心配する必要はないのだ。藤太は横暴な上司になった気分で、目の前で悄然とうなだれているOLを睨みつけ、同時に制服の下の肉体を想像しながら舐めるように観察した。

　そうするとまりこは、彼の部にいる、〝お局〟と呼ばれる年増OLに似ているのに気づいた。彼女が他のOLを扇動して無視作戦に出たおかげで、左遷された社員は何人もいる。彼女のことを叱りたくても仕返しが怖く、男性社員はみな、ご機嫌をとるような、迎合する態度をとってしまう。それで余計になめられて、お局はさらに増長している。部長や役員も、社内に悪口をまき散らされるのを恐れ、見て見ぬふりをしているようだ。

（バカ女めが……）

　ふいに藤太の胸に理不尽な怒りがムラムラと湧きおこった。上着を脱ぎ捨て、ネクタイを緩め、ワイシャツの袖を腕まくりしながら怒鳴り続けた。

「こら田中。ここでそんな猫をかぶってるがな、おまえぐらい腹黒い、徹底してイヤな女はいない」

　そう怒鳴られて、まりこは少しムキになった顔で何かを言い返そうとした。

「いったい、何を……」

「うるさいのだ」

　藤太は自分が嫌いな部下のOLにまりこの姿を重ねて、憤然として腕を伸ばした。

「田中、おまえのねじ曲がった根性はこうやって叩き直してやらんといかん」

強い力でまりこの体を、椅子に座った自分の膝の上にうつぶせにした。

「あッ、何をするんですか、部長！」

いきなり藤太の膝に腹部を乗せるようにして、頭が床に着きそうなぐらい体を折り曲げられたOLは、悲鳴のような驚きの声をあげて、暴れた。

「抵抗する気か、おれは他のへなちょこ部長とは違うぞ。おまえなんか怖くはないッ！」

自分が登録した『レッド・チーク』というスパンキングのSNSに書かれていたマニュアルの文章を思い出しながら、藤太はまりこに、尻叩きの仕置きに最も一般的な体位——オーバー・ザ・ニーという姿勢をとらせた。

必然的にまりこの、ウグイス色した制服のタイトスカートに包まれたヒップは彼の目の下で持ち上げられている。香水ばかりではなく、一日の労働を終えたOLの体からは、朝とは違った官能的な匂いがたちのぼって、藤太の鼻腔を刺激する。彼の興奮はいやおうなく高まってゆく。

「やめてください！　これはセクハラです！　組合に訴えます！」

演技とは思えない荒げた声で、膝の上でもがき暴れるまりこ。その感触がまた腿に心地よい。

「まったくおまえは最低のOLだな。仕事の能力はゼロなくせに口ばかり達者だ。その上、根性がねじ曲がっている！」

いつも憎んでいる〝お局〟と呼ばれる女性の部下をまりこにオーバーラップさせた藤太は、せせら笑いを浮かべながら、彼女の制服のスカートに手をかけ、裾をぐいとまくり上げた。パンストとパンティに包まれた、よく肉がついてまるまるとした尻が、蛍光灯の明るい光の下にさらけだされた。

「きゃあッ！　やめて、やめてッ！」

脚をバタバタさせながらまる出しにされたスカートを何とか元に戻そうともがき暴れるまりこ。さらに強く女の匂いが立ちのぼる。

「これは、いい眺めだ。しかしお局さんよ、このパンツはなかなかエグいじゃないか。しかも赤い色ときた。こんなパンツで仕事しに会社に来るとは、どういう神経なんだ、こら！」

まりこの肌色のパンストの下に透けて見える下着は、豊かな二つの肉丘を割る谷間にグイと食い込んだようなTバックで、しかも真っ赤な色だ。それは闘牛士のかざす布のように、藤太を挑発せずにはおかなかった。

「てめえは淫売か！　仕事中も男のチ×ポコを咥えこむことしか考えてねえんだろうが」

「ひ、ひどいッ。こんなことをして、ただではすみませんよ！」

「うるさい」

最初は面白半分の演技だったが、藤太は、だんだん本当に憎い部下とやりあってるような錯覚に陥った。

「おまえのような女は、こうしてやる！」

パンストの腰ゴムごと赤いTバックショーツも一緒に、力まかせにぐいと膝のほうへ引き降ろした。

「きゃああ」

「わめくな。これでもくらえ！」

藤太はワイシャツの袖をまくった右腕をふりかざし、勢いよくふり降ろした。分厚い肉がついたてのひらが、真っ白い、ツヤツヤした、けっこう張りつめた尻たぶに叩きつけられた。

バチーン！　いい音がして、藤太の膝の上で、まりこの体が飛び跳ねた。絶叫があがる。

「ひーッ、痛い！」

(いい感じだ！)

藤太が女の尻を思いきりひっぱたいたのは、これが生まれて初めてだった。

たとえば頬にビンタをくらわすというのであれば、強く叩けばケガをさせる恐れがある。ところが尻を叩くスパンキングであれば、平手で叩くのならどんなに力をこめてもケガをさせる心配はない。また、下着や服で隠れてしまう場所だから、たとえ赤く腫れたり、痣(あざ)になったとしても、第三者に気づかれにくい。思いきってひっぱたくことができる。

そういう部位だからこそ「きびしく叩かれてお仕置きされたい」と思う女がいるわけで、頼まれて叩くのだから手加減する理由はない。そして、一発、叩きのめしてみると、フニフニとして柔らかいようで、叩くと平手を跳ね返してくるような弾力性に富んだ手ごたえがあって、たとえて言えば野球のボールをバットの真ッ芯でとらえたのと同じ、スカッとする気持ちよさが味わえる。

「あうー……、痛い……」

藤太のズボンの膝の上でうつぶせになり、まる出しの白い尻を突き上げるようにして頭を床のほうまで下げた姿勢のOLは、打ち叩かれた衝撃と苦痛を味わい嚙みしめるかのように、呻きながら両手で顔を覆うようにし、下半身をうねうねとくねらせ、ひとしきり悶え震えていた。

パンティを引き降ろされているから、彼女の下腹と腿の前面は藤太のズボンに押しつけられて、こすりつけるようにうごめく素肌の熱が、彼の腿にダイレクトに伝わってくる。

成熟した女の健康な体臭が匂い立って、藤太の鼻をくすぐり、藤太の欲望を高ぶらせずにはおかない。

(なるほど、これだからオーバー・ザ・ニーなのか)

いま、藤太の膝の上で強く尻を叩かれて呻き、悶えている女の、肌の熱や筋肉の震えなどは、ズボン一枚を通して彼の肉体に伝わってくる。張りつめたような尻の、脂がよく乗った肉を叩いた感触は、心地よさを伴う痛みとなって手を痺れさせてくれる。

（つまり、これはコミュニケーションの一種ということだ）

無抵抗な女性を押さえつけて、まる出しの尻を叩くというのは、第三者にとっては野蛮な行為かもしれないが、叩く者、叩かれる者にとっては、お互い、ある種のスポーツを楽しむような、不思議な快感を味わえるということだ。もちろん、性的な興奮もそれに加わる。

なにせ目の前にはパンティを引き降ろされた見事な二つの尻たぶがあるのだ。一方の丘には打たれた部分が手の形に、みるみるピンク色を浮かびあがらせてくる。

「少しのことでは、おまえの曲がった根性は叩き直せないだろうが、反省するまでひっぱたいてやる！」

藤太は怒った口調を保ちながら、今度はもう一方の尻たぶに強烈な平手打ちをくらわせた。

バシーン！

また、澄んだいい音がして「ひーッ！」という悲鳴があがり、熱い重い肉が膝の上で躍った。

（スパンキングがこんなに気持ちいいとは思わなかった。これはクセになりそうだ）

まるでバチで太鼓を叩くようなものだ。

叩くと敏感に女体は反応する。いい音がして悲鳴がして、筋肉がバネのように振動する。強い匂いが立ちのぼり、肌が赤くなり、体温が上がって汗が滲み出てくる。

「どうだ、ふつうに言って分からない女には、これが一番、効くだろう。もっと身にしみるように仕置きしてやる！」

まりこという女の上司になりきった藤太は、さらに腕を振りかざして、振り降ろした。規則正しく右、左と交互に尻たぶをひっぱたくと、ビシッ、バシッという耳に快い音がして、白かった皮膚がどんどん赤くなり、ところどころ紫色を帯びるほどになってきた。

「痛あいいッ！　あうーッ！　ひいい！　やめて、やめてください。部長、もう許してください！」

本当に痛いのだろう、まりこはかなり暴れはじめた。そうはさせじと、藤太はさらに強い力で彼女の首根っこを押さえつけ、腿のほうから背中のほうまで、まんべんなく赤く色づくように叩き続けた。

「あうー、ううう、許してぇえ。ひーッ、痛い痛い。もうダメぇ！」

泣き声になって許しを求めるまりこを、叩きながら藤太は叱りつけた。

「何がもうダメだ。まだはじまったばかりじゃないか。これぽっちの軽い仕置きでこりるようなおまえじゃないだろう！」

自分でも感心するぐらいの冷酷で残酷な言葉を浴びせながら、藤太はさらに強い力をこめて、全体に真っ赤に染まり、ところどころドス黒くなってゆく尻たぶをさらに痛めつけるのだった。

「あーッ、痛い、痛いですぅ、部長。許してください！　もうダメぇ！」

何十発となく強烈な平手打ちを浴びるＯＬは、本当に泣き声になってきた。

（おっと、叩きすぎたかな？）

藤太はハッと我に返った。膝の上で暴れる女を叩きのめす快感に酔って、つい、加減を忘れてしまった。

「うむ、今日はこんなところでかんべんしてやろう」

おもむろに言って叩くのをやめた時は、まりこの二つの尻たぶは、見るも無残な状態に変色していた。最初はピンク色だったのが、今では赤紫色、黒紫色になった部分がずいぶん広がっている。どうやらこの女は、肌が敏感らしい。

（これはひどい……）

藤太は、自分の膝に伏せたまま、今はぐったりとなって、わずかに腰をくねらせながら、両手で顔を覆ったまま低く呻き、啜り泣いているようなまりこの変色した尻に手をやった。

自分の手も痺れてヒリヒリしている。肌を撫でてみると、かなり熱を帯びている。叩かれていない部分も汗ばんでじっとり湿っている。ふと興味が湧いた。

(この子のここはどうなっているのだ……)

女を責める快楽に酔って藤太は激しく興奮し、勃起したペニスがズボンを突き上げて、それがまりこの下腹に当たっている。彼女にも藤太の高ぶりは伝わっているに違いない。

(彼女はさんざん痛めつけられたのだから、興奮するどころではなかっただろう)

そう思って、尻たぶを分ける深い谷間を手でこじ開けるようにして、底を覗きこんだ。

「お、これは……!」

思わず驚きの声を洩らしてしまった。谷底の泉からは、女の魅力的な源泉地帯からは白い液が溢れ、周囲を濡らしているではないか。

(さて、このあとはどうしたものか……?)

藤太はOLの濡れた秘部を見ながら困惑した。

打ちあわせなしにスパンキング・プレイに突入してしまったので、どのようにどこまで進行するか、お互いの了解がない。

(ともかく指で偵察だ)

藤太は決心して、まりこの腿のところにからまっている赤いパンティと透明に近いストッキングを膝まで降ろして、付け根の部分をこじ開けた。

「あ、いや……！」

はげしく恥じらうかのように体を揺すり、こじ開けられた股を閉じようとするまりこ。そうはさせじと腕ずくで対抗する藤太。

「ここまで濡らしたおまえを放っておいて、欲求不満で仕事にミスが出ても困る。部下思いの上司としては、おまえをスッキリさせてやることが大事だ」

そう言いながら、さっきまで冷酷無残に尻たぶを打ち叩いていた右手の人さし指を、愛液をしとどに溢れさせる秘密の裂け目へと進めていった。

「あう、部長……ッ！」

敏感な粘膜に触れられた時、まりこは短く叫んで一瞬股を閉じようとしたが、指がさらに侵入してくると、今度は歓迎するように開きっぱなしになった。

藤太の指は温かい蜜のような液が溢れかえる、狭い粘膜トンネルの入口を愛撫してから、それ以上奥へは進まず、膣前庭を刺激しながら勃起している肉芽へと向かった。

「ひッ、あう、ううう、ああーん。そ、そこは……ッ」

敏感な肉芽を弄られると、まりこの体はびくんびくんと震え、切ない呻き声が吐きだされた。

（クリトリスでよく感じるタイプだな……）

藤太は感心した。

「ひ、ひいい、あう、あーッ、部、部長……、いやン、ああ、……うン」

藤太に秘核を弄られるとまりこの悲鳴と呻きに甘い鼻声が混じってきた。クネクネうねうねと揺すりたてられる赤く腫れた臀丘。

（これだから女をオモチャにするのはやめられない）

自分の与える刺激で女が夢中になって我を忘れよがり声をあげる。その時の乱れてゆくさまが愛しくてたまらない。それを楽しみたいがために男はセックスしたがるようなものだ。

「では、おまえのおま×こがどれほどのものか、奥まで検査してやろう」

右手でクリトリスを攻めながら、左手の指二本を揃えて、ひくつくような粘膜の襞々が多いトンネルへと進めてゆくと、ほとんど抵抗もなく、指は根元までずぶずぶと埋没していった。

「あう、うー、ひいいッ！　ううお！」

背を反らせ、甘酸っぱい牝獣の匂いをふり巻きながらふくよかな体をうち震わせるまりこ。

藤太の指が愛液でいっぱいの膣奥までを、Gスポットと思われる部分を中心に圧迫するように刺激し、時には強く奥の壁をかき回すようにすると、

「おわう、うあうう、ぎゃー……！」

さかんによがり声をはりあげていた彼女は、やがて獣じみた唸り声をはりあげて、「イクイク」「死んじゃう」「もうダメ」などと口走りながら、年上のベテラン男の手によって何度も絶頂も極めさせられた。

「ぎゃー、あううう、イク、イッチャウ！」

あられもない声を吐き散らしながら、ビンビンと釣られた魚のように四肢を暴れさせ、時には彼の片腿にしがみつくようにして、しばらくはガクガクと全身を痙攣させ続けた。

（やった……！）

藤太は難しい交渉をやり遂げたような充実感を味わった。どんな形であれ、まず女を喜ばせてオルガスムスを味わわせることは、男の支配欲を満足させる。

「はあ、あう、はあ、はう……」

荒い息を吐いてしばらくぐったりしているまりこの、少しずつ赤みの引いてゆく尻を撫でながら、藤太が次の展開を考えていると、ＯＬはスルリと彼の膝から滑り落ちるようにして床に横座りになった。広げた藤太の脚の間にすっぽり体が収まった。

「部長……。わがままで申し訳ありませんでした。お仕置きを受けてよく分かりました。そのうえ気持ちよくしてもらって……。お礼をさせていただきます」

膝のあたりにパンティとストッキングをからませたまま、まりこは手をのばして藤太のベルトのバックルを外した。ズボンの前がはだけられてファスナーが引き降ろされる。藤太にとっては歓迎すべき事態だ。

「うむ、殊勝な心がけだ。私に仕えるなら、まずフェラの勉強で私を満足させるように努力するんだぞ」

「分かりました……」

まりこが藤太のトランクスの前開きから手を入れて、高ぶりきっている肉欲器官に触れ、嬉しそうな声をあげた。

「すごいです、部長……、怖いぐらい固いです」

彼女に摑み出されたペニスは藤太が見て驚くぐらいに膨張し、亀頭先端は真っ赤に充血して透明な液をたらたらと溢れさせていた。

「ご奉仕します……」

やや小さめの唇を大きく開けて、天井を睨む一つ目怪獣のような、青筋を立てて憤っている器官を、ぱくりと咥え込んだ。

ズキズキと脈打つ肉槍は、温かい唾液で満たされた口の中に吸いこまれていった。勃起器官に舌がねっとりとからみつく。チュウーと音がするほど吸われる。まりこの頭が前後に動き、怒張したペニスは肉製ピストンと化した。

「おお、あう、う、その調子だ。うまいぞ……」

藤太は椅子にふんぞり返ったまま、股間に顔を伏せてフェラチオに熱中する女に全身を委ねた。たちまち快美な感覚が湧きおこり、腰のあたりで沸騰し、彼はすぐに耐えられる限界点に達した。

「いくぞ、お、おううう、うーッ！」

唸りながら勢いよく射精した。

ドクドクッ、ドクドクッと、精液がまりこの口の中へと噴きあげられる。

驚いたことに、まりこは嫌がるふうもなく受け止めた牡のエキスをゴクゴクと喉を鳴らすようにして飲み、最後の一滴まで惜しむようにチュウチュウと吸ってくれた。

「ふうー……」

今度は藤太がぐったりとなる番だった。まりこは制服のボレロのポケットから取りだしたハンカチですばやく彼の濡れたペニスを拭うと、「失礼します」と言って立ち上がり、パンティとパンストを引き上げると、すうッと部屋を出ていった。

(洗面所に行ったのか……？)

甘美きわまりない射精を遂げたあとの心地よいけだるさに身を任せながら、それでもズボンを引き上げていて身づくろいをしていると、ドアがノックされ、「失礼します」と声がして女が入ってきた。

彼女はおしぼりを載せた盆を捧げている。

「えッ？」

藤太は目を剝いて思わず体を起こした。

入ってきた女は、同じウグイス色の制服を着ているものの、まりこではなかった。ずっと若く、二十二、三歳ぐらい。体型もほっそりとしている。目はまるく、唇は肉感的にぷっくりと厚い。美人ではないがいわゆる男好きのする、愛嬌のある顔立ちだ。

さらに驚いたことに、そのあとからもうひとり、同様にウグイス色の制服を着た娘が続いた。

彼女の捧げた盆には缶ビールとグラスが載っていた。この二番目のＯＬの年齢は先の子よりまだ若い。二十歳前後と思われ、生まじめな顔をしているが、美人である。

「部長、お疲れさまでした。おしぼりをお使いください」

先頭の娘が熱いおしぼりを手渡してくれた。

「部長、お疲れさまでした。冷たいビールです」

二番目の子がグラスに缶ビールを注いだ。

「え？　うん……、あ……」

何がなんだか分からないまま、藤太はまりこをいたぶった手をおしぼりで拭き、ビールをぐびりと呷った。

「不思議そうな顔してますね、部長」

最後にまりこが入ってきた。洗面所で乱れた顔や化粧を直してきたようだ。制服も乱れていない。

「どういうことなんだ？」

会議室の机を挟んで向かい側に立った三人の女——年齢も容姿も個性もそれぞれに違うが、みなそれぞれに魅力的なOLを眺めわたしながら藤太は質問した。

「ご説明します」

まりこが口を開いた。

「こちらがみちこさん、こちらがむつこさん。私たちは三人とも同じ赤坂界隈で働いているOLです。しかも偶然に『レッド・チーク』のスパンキー掲示板に書き込んだことで知りあい、仲よくなりました。それで私たち専用のスパンカーを探す〝スパンキークラブ〟というのを作ったのです」

彼女たちは三人それぞれの理由でスパンキングされることが好きになり、出会い系サイトを巡り歩きながら『レッド・チーク』にたどりついた。

スパンキー志願の女性の心配は、やはりパートナーに志願してくる男たちの人間性だ。スパンキングに興味がない男もいれば、SMプレイのことだと思っている者もいる。うっかりすると鞭を使われて体を傷つけられてしまうこともある。

三人ともパートナー探しでは怖い思いをしているので、「それじゃ三人で共同して、スパンキング・プレイに理想的なスパンカーを探そう」と思いたったのだ。

都合のいいことに、三人のうちのひとり——たぶんまりこだろう——が赤坂スカイタワーのオフィスに勤めていて、管理責任者としてオフィスの鍵を預けられていた。彼女がだいたい朝一番に出社するからだ。退社時間後はほとんど絶対的に無人になるオフィスの鍵が手元にあるのなら、そこをプレイルームにしない手はない。ただし、場所を知られないために目隠しして来てもらわなければならない。

「なるほど、それで誘ってみた候補者をまず東玄関まで呼び、外見よしとなったら目隠しをしてここまで連れこむ。最初にまりこがスパンキングを受けて、それがテストというわけだな」

藤太はようやく彼女たちの仕掛けを理解した。三人で組むのなら、ひとりよりは怖いことはない。うまいことを考えたものだ。

「どうやらぼくはテストに合格したようだが、ということは、きみたち二人がこれからお相手してくれるわけか」

みちことむつこが笑顔で大きく頷いてみせた。彼女たちの顔は期待に輝いている。

「私はまず、田原さんの雰囲気と、大きな肉の厚い手が気にいったの。叩かれるとただ痛いという人と、子宮までズンと痺れるような痛さを与えてくれる人がいるの。それは腕力と手の肉づきによるのだと思うけれど、田原さんは理想的だったわ」

とまりこが言うと、年下の二人の女も頷いた。

「それは聞いてて分かったわ。まりこさんったら、叩かれながら半分イッてるみたいだったから」

藤太は目をむいた。

「ということは盗み聞きしていたのか」

「そうなんです……」

みちことむつこはこっそり隣の会議室に入って、薄い間仕切りごしにまりこの悲鳴を聞いていたのだ。おそらく彼女たちも激しく興奮しながら。

「そうか、おれはテストに合格したわけだ。ではきみたち全員を相手に、これから本番のお仕置きを楽しめるわけだな」

三人の女たちはまたそろって頷いた。みちこが言った。

「私たち、誰でもお好きなだけお尻を叩いてください。その後、私たちのどこでも楽しんでいただいてけっこうです。口もあそこも、アヌスも……」

彼女たちは男に仕置きされたい願望を満たせない時は、互いに互いを責めるプレイにふけって、最後はバイブを使うのが常だ。アヌスも十分に訓練されているのだという。

藤太はさらに目を剝いて驚いてみせた。

「とんでもない淫乱な娘たちだ。ケツの穴まで入れさせたがるとは……。よし、おまえたちはみな、腰が抜けるまでお仕置きしてやる。三人とも立て、立ってその壁に向かって、手をつくんだ。ベント・オーバーだな」

それも昼間に仕入れた知識だ。壁に手をつかせて尻を突き出させるのがベント・オーバーのポジションで、学校で教師が大勢の生徒を罰する時に使うことが多い。見せしめの効果があるからだ。

「はい、部長……」

三人の女たちはそれぞれやや離れた距離をとって壁に向かって並んで立ち、壁に手をついて体を前かがみにした。

ウグイス色のタイトスカートが女のふくよかなまるみをぴっちり包んで、それぞれにパンティラインをくっきりと浮き上がらせている。この制服はどこかの会社のものではなく、この三人たちだけが着るために選んだもので、わざとワンサイズきつめのものを選んでいるのは明らかだった。

椅子を蹴るようにして立ち上がった藤太の股間はもうふくらんで、肉欲器官はズキズキと力強く脈打っている。

「よし、その格好でケツをまくれ。パンツを見せるんだ。脚はいっぱいに開け。ほう……みんな盛大に濡らしているな。本当に何というＯＬたちだ。これでまじめに仕事しているとは思えない！」

藤太は吠えるように怒鳴り、まずむつこのパンティとパンストを引き降ろし、まる出しの尻を叩いた。

「ああッ、ひーッ、許してください！」

悲鳴をあげ、ひとしきり泣き叫んだむつこが床に崩れ落ちると、次にみちこが叩かれた。

藤太は肉を打ち叩いて女たちを屈服させる快楽をとことん味わった。

最後にまりこがまた叩かれ、それだけで果てた。

その後、女たちは仁王立ちの藤太の前にひざまずいて、かわるがわる口で奉仕した。

「脱げ」

命令されてＯＬの制服が床に脱ぎ散らされた。彼女たちは全裸になって会議机の上にあお向けになり、やはり全裸になった藤太のたぎる欲望をかわるがわる受けいれた――。

第十一章　三連姦の後に……

「ええッ、昨日は三人もゲットしたのか？」

——翌日、審判役の下村は、藤太が提出したまりこ、むつこ、みちこの三人のヌード画像を眺めて驚いた声をあげた。

あの巨大なオフィスビルの、何階のどこか全然分からないオフィスの一室で、椅子に座って股を広げ、会議用テーブルの上にあお向けになり、あるいは床に四つん這いになって淫らなヌードをデジカメの前にさらけ出す三人のＯＬ。

もちろん顔はそむけたり髪で隠したり、手で隠すようにしたり、それぞれ特徴が分からないように工夫したが、三人とも美人であることはよく分かる。

藤太のことを、分厚いてのひらで、自分たちのお尻を小気味よくパンパンと叩いてくれる理想的なスパンカーだと分かってくれたから、この三人は「これからも、自分たちのお仕置きを続けてくれるなら」という条件で、ヌード撮影に協力してくれたのだ。

（まあ、叩くのはたいしたことじゃなかったが、三人を平等に二回ずつイカせるというのが、ちとこたえたな……）

おかげで今日の藤太は、体のあちこちが痛く、腰に力が入らない。六回続けざまの射精というのは、いかに絶倫を自慢する藤太でもめったにやったことがない。

（それができたのは、スパンキング・プレイを挟んだからだろう。女たちが泣いたり叫んだりして悶える姿というのは、そそられるものだからなあ……）

昨夜の過激なプレイを思い出してニンマリしている同僚に向かって、下村は言った。

「すると、これまでの三人に三人プラスで六人。残りが八日間であと四人なら、こりゃ楽勝じゃないか」

「さあ、どうかな……。たまたま二人、三人というのが続いたからだけど、ゼロという日もあるからな」

そう答えたものの、藤太も「この調子なら賭けには勝てる」という自信を抱くようになっていた。二日に一人のペースでゲットすればいいのだから、メールナンパのコツが飲み込めてきた今なら、そう難しいことではないように思える。

「それはそうと……常務はどうなんだい？」

昨日は病院に検査に行ったために会えなかった、賭けの相手である上司のことを質問すると、下村の顔が曇った。

「ああ、そのことだが、常務は当分休むことになった。昨日の検査で何か重大な病気が見つかって、即入院したんだ。手術をすれば命には別状はない病気だそうだ。だからこの賭けは終わるまでおれに任された形になる。まあ来週、結果が出た頃には会えるようになるだろう」

藤太を目の敵にしている竹中常務は、なんと明日にも手術を受ける身なのだ。「命には別状ない」とは言うものの、下村の口ぶりではかなり難しい病気のようだ。

携帯のログデータを渡すという日課を終えて自分の席に戻った藤太は、しばらくぼんやりとしていた。

（分からないもんだな。あれだけゴルフ焼けして、元気そうに見えた常務が、いきなり入院とは……）

誰の目にも藤太の負けが明らかな賭けを強引にもちかけて彼を追放しようと企んだぐらいの宿敵である。藤太にしては「ざまあみろ」と喜んでいいはずなのだが、どうもそういう気にはなれない。

（おれには敵愾心をぶつけてきたが、常務は常務なりに会社のために頑張ってきて、その疲れが病気を招いたんだろう）

憎みきれずについ同情してしまうのが、藤太の性格のいいところというか悪いところというか。

そりの合わない上司を襲った突然の不幸について考えていると、デスクの電話が鳴った。かけてきたのは直属上司である営業部長だった。声が切迫している。

「ああ、仙石くんか。昼休み中で悪いが、ちょっと役員会議室まで来てくれないか。一大事が起きたんだ」

いったい何事かと思って駆けつけた藤太は、困りきった顔をした上司たちと向かいあった。

「実はな、内密の話なんだが、ブルゴン食品の作ったハムソーセージのなかにかなりの不良品があって、それが北海道のヒグマフーズに流れていた。向こうの社長がカンカンになって怒っている……」

系列会社の生産した肉加工品をヒグマフーズのような地方の食品卸業者へ販売しているのがブルゴン商事だ。

親会社でもあるから不良品を流した責任は自分たちにかかってくる。みんな青くなっているのは当然のことだ。

「製造工程の些細なミスなんだが、今は時期が悪い。ヒグマフーズとの対処を誤れば、我が社もあのY社の二の舞いだ。それは絶対に避けなければならない。幸い、きみはヒグマフーズの社長から信頼されている。直接の担当ではなくて悪いのだが、すぐに北海道に飛んで事態を収拾させてくれないか」

「そうですか。分かりました。社長をどこまでなだめられるか分かりませんが……」

そこまで言ってアッと気がついた。

（この問題の処理は一日や二日で片づくものではない。下手すると一週間はかかりきりになるぞ）

だとすると竹中常務との賭けの残り時間が全部パーになってしまう。あと四人の女をゲットするのは不可能だ……。

（なんということだ、せっかく賭けに勝つチャンスが巡ってきたというのに……）

ガックリと肩を落としてしまった藤太だった。

——北海道に飛んだ藤太が東京に帰ってこられたのは、十日後のことだった。

それまで不良製品の回収や損害補償の問題で地元業者との話しあいは不眠不休で続けられ、スタミナを誇る藤太も、さすがに五キロも痩せてしまった。もちろんメールナンパに精を出す時間もなかった。

この事件がなんとか大騒ぎにならずにすんだのは、一番の被害者だったヒグマフーズの社長が、以前の担当営業マンだった藤太の人間性を買ってくれていたからだ。

（本当なら褒められていいところだが、しょせん敗戦処理投手だからな……）

こういう仕事は評価されにくいものだ。特に宿敵の竹中常務など一顧だにしないだろう。苦い思いを噛みしめていると、賭けの審判役、営業三課の下村がやってきた。

「おい、仙石、ご苦労だったな。ところで竹中常務だが、きみが帰ってきたら病院に来てくれと言っているんだ……」

十日前に突然、手術入院した常務は、それが成功したらしく順調に回復しているという。

「トホホ」

藤太は情けない顔になった。呼びつけられる理由は分かっている。二週間で十人の女をメールナンパするという賭けに負けたのだ。彼を会社から追放するという宣告をくだそうというのだろう。

最後の手段として会社の組合に頼んで「不当解雇だ」と訴える手段はあるのだが、もともと自分が進んで受けた賭けなのである。組合もその事情を知っているし、リストラ攻勢で受け身一方の組合に彼を助ける力があるとは思えなかった。もちろん、組合に泣きつくなど、藤太のプライドが許さない。

「突発事態が起きたから残り四人ゲットが達成できなかったんだ。事情を言えば常務も情状酌量してくれるよ」

下村は慰めてくれたが、

（あいつに頭を下げて寛大な措置を求めるなど、そんなみっともないことは死んでもできない。こうなったら……）

藤太は腹をくくった。

その日、退社後、竹中常務が入院しているという病院に行った。それはお茶の水にある有名な医科大学の付属病院で、竹中は内科病棟の個室でベッドに横たわっていた——。

「常務、順調に回復されているようで、おめでとうございます」

相手は入院患者だから、藤太も最初からケンカ腰というわけにはゆかない。

藤太とはこれまでずっとウマが合わなかった三つ上の上司は、ベッドに横たわったままニヤリと笑った。そんなに大変な手術を受けたというわりには元気そうな顔だ。体も痩せ衰えてはいない。

「仙石、心にもないことを言うな。おれが死ねばいいと思ってたんじゃないか。賭けの話はなかったことになるからな」

意地悪い口調に、藤太は少しムッとした。

（北海道でトラブルが起きなければ、ゆうゆう賭けには勝っていたのだ）

しかし今さら言い訳する気はなかった。

（クビにならなくても、こんな分からず屋の上司のもとではやってゆけない。ここらへんがおれも潮時だ）

彼は内ポケットから封筒に入れた便箋を取り出し、竹中に渡した。

「なんだ？……ふーん、これは辞表か。潔いことだ。よろしい、確かに受け取った。ちょっと待て、おれのほうも仙石に渡すものがある」

用はすんだとばかり背を向け、さっさと出てゆこうとする部下を引き止めた竹中は、小机の引き出しから一枚の紙を取り出した。

（何の書類だ？）

不思議に思いながら渡された紙に目をやった藤太は「へ？」と目をまるくして何度も読み直した。それには二項目の辞令が記されていた。

《仙石藤太。ブルゴン商事営業本部の職を免じ、退社扱いとする。同日付けをもって、ブルゴン・フードパラダイス営業部長を命ず》

〝ブルゴン・フードパラダイス〟というのは、ブルゴン商事グループのスタートさせた新しいプロジェクトである。食材に強い会社だから、安くて美味な「街角フレンチ」的なレストランチェーンを展開させようとして発足したのが「ブルゴン・フードパラダイス」なのだ。

　このプロジェクトを企画立案したのは竹中常務で、社運を賭けた事業に意欲的なのは言うまでもない。当然、彼のメガネにかなった優秀な人材が選抜されて送りこまれるという噂だ。

（それにしても、嫌われているこのおれがなぜ？）

　しかも、営業部長というのは、まだ本社で課長にもなっていない藤太の今の地位からはめざましい昇進になる。

「これは……どういうことですか、常務？」

　狐につままれたような顔をしている藤太に、ブルゴン商事の次期社長と目されている実力者は、愉快そうに笑った。

「つまり、賭けに負けたぐらいでおまえのような人物をブルゴン・グループから追い出すわけにはゆかん、そう気がついたからだ。かといって社には残る気はないだろう。今日、辞表を持ってくると予想してた。そういう男だからな、おまえは」

　それから秘密を打ち明けるようなしみじみとした口調になった。

「実はな、あの賭けは、おまえも分かってるように一種の罠だ。最初のうちは『扱いにくい部下を追い出すうまい口実ができた』とほくそ笑んでいたんだ。まあ、おまえが二週間で十人の女をメールナンパできるとは思っていなかったからな。だがおまえの頑張りは予想以上で、おれも途中で考え直す気になったんだ。その最終的な決断をさせてくれたのは、あのジュリという子だよ」

藤太はまた耳を疑った。ジュリというのは、メールナンパで一番最初にゲットできた看護婦だった。

美的基準を審査するためのヌード画像は、竹中には一応見せたが、彼とは何の関係もないはずではないか。

「おれはジュリって子のヌードを見た時、なかなかいい女だと思った。実は、おれの好みにぴったりだったのさ。あれぐらいふっくらした感じが好みなんだな。そうしたら何と、彼女からおれにメールが届いたんだよ」

「ええーッ⁉」

藤太は大声を出すほど驚いてしまった。

「ど、どうして彼女が常務に……？　それにメールアドレスをどうして知ったんですか」

「仙石は賭けのいきさつを全部あの子に話し、ヌードを撮らしてもらうために自分の名刺も見せたんだろう？　そうしたら会社の名前もおれの地位も名前も分かったということじゃないか。あとは社のホームページにアクセスすればいい。ホームページの役員名簿からは個人あてのメールを送ることが出来るんだ。知らなかったのか？」

「……初耳です」

「一度は自分の会社のホームページぐらい見ておきたまえよ」

「そ、それで……、ジュリはどうして常務にメールなんか送ったんですか？」

「賭けに負けてもきみを辞めさせるな、って言ってきたんだよ。あの子、きみに惚れたようだな」

「ま、まさか……？」

意外なことを聞かされて、藤太の目はまるくなりっぱなし。思わず絶句してしまった。

「彼女はおまえとデートした夜、おまえの誠実で真剣な態度と情熱的なところに感動したらしい。そして負けるに決まっている賭けで挑発したおれのことを憎いと思ったのだな。だからメールで、仙石さんのような男を辞めさせないでほしい、あの人は会社思いで仕事に命を懸けているすばらしい人です――と訴えてきたんだ。おれもびっくりしたよ」

「はあー、ぼくだってびっくりです。メールナンパのやり方でアドバイスは求めましたがね……」

ジュリとは賭けの結果が出たらまた会おうという話にはなっていた。心優しい看護婦の打ち明け話を聞いて、彼女は藤太にとっても忘れられない女性であったが、それほどに自分のことを思っているとは考えてもみなかった。

「おれも興味が湧いてね、ジュリに返事を書いた。だって一方的に悪人と思われるのもしゃくじゃないか？　だったらデートしてゆっくり話を聞かせてくれと言ってやった。そうしたら彼女、ＯＫしてきたよ」

「で、デートぉ？　常務、まさか、ジュリと寝たんじゃないでしょうね！」

藤太は飛び上がってどなった。

竹中は女なら誰でも寝たくなるような、藤太とは正反対の、スマートでセンスのいい好男子だ。

実際、妻には内緒で何人もの女たちと楽しんでいる。誘われたらジュリでも断らないだろう。竹中は苦笑した。

「待て、最後まで話を聞けよ。正直言えばスケベ心もあった。酔わせてから口説こうとディナーに誘ってワインを飲ませたのはいいが、食事の最中にまた腰が痛くなってね。彼女が心配するので症状を話したのだ」

このところ、彼は腰痛に悩まされていた。

彼の主治医は昨年、ゴルフが原因で起きたギックリ腰の再発だろうと片づけていたのだが、ジュリは的確な質問を浴びせ、その答を聞いて顔色を変えた。

彼女が勧めるのは難病専門の内科病棟で、竹中の症状は脊椎の難病の初期症状とそっくりだというのだ。

「脊椎腫瘍の初期じゃないか、というんだな。彼女に脅かされるようにして、紹介してくれた専門医の診察の約束をさせられてしまった。おかげでエロな気分は吹っ飛んで、デートは食事だけで終わりさ。これはウソじゃない。そして次の日、半信半疑で専門医の診察を受けたら、ジュリのいうとおり脊椎腫瘍だという結果が出た」

腫瘍というと悪性腫瘍、ガンだと思って青くなった竹中だが、医師によれば良性のものだった。

原因はウイルス感染によるもので、慢性の炎症が悪化して腫瘍化したのだという。手遅れになると神経がやられて、そうなると全身が麻痺して治療の方法もなくなるという難病ではあった。

幸い、早めに見つかったので手術によって腫瘍は取り除かれ、身体障害者になるという危機は回避できた。

横暴だった上司はしんみりした口調になった。

「手術のあとベッドでつらつら考えたが、ジュリという子と会わなきゃおれは早晩、全身マヒで寝たきりになるところだった。そのジュリと会うことになったというのも、考えてみればおまえがおれの賭けを受けたからだ。おまえがジュリを感心させて惚れさせるほどの男だったから、おれは助かったという理屈になる。この病気は再発する可能性がないわけじゃない。そうなってみると、おれもいかに今までいい気になって部下をないがしろにしてきたか、そこに気がついた。だからおまえを新会社の部長に決めた。言っておくがこれは情実人事じゃないぞ。ジュリ以外にも大勢の人間が今度の件でおまえの味方に立っている。おれは改めておまえを見直したよ。だから新天地を用意する気になったんだ。新会社で思うぞんぶん力をふるってくれ」

——竹中常務の病室を出た藤太は、しばらくボーッとして考えがまとまらなかった。

来る前は自分から辞める気だったのに、今は新会社の営業部長の地位を与えられている。

(そうだ、ジュリにこのことを……)

藤太はあわててスマホを取り出し、メモリからジュリの番号を呼びだした。

(メールにしようか)と思ったが、気がせいていたので、教えられていた直電にダイヤルした。もし仕事中ならメッセージを吹き込んでおけばいい。

「はい、ジュリです。仙石さん?」

明るい声で応答があった。彼の番号はちゃんとジュリのスマホのメモリに登録されていたのだ。

藤太の胸が熱いものでいっぱいになった。

「ちょっと連絡が途絶えてごめん。賭けの結果が出たから報告したいんだ」

「今日は私、非番です」

「じゃあ、今夜、会おう。そこで報告するよ」

「その声の調子だと、いい結果だったようですね」

「どうやらきみのおかげらしい」

「私は何もしていません。ただあの人に病気じゃないかと注意してあげただけです。実際、腰が痛いというのにナイフとフォークがうまく使えなくなっているんです。当人は気がついていないけれど、どこかにマヒがあるなとピンときました」

「きみはとても優秀な看護婦だね」

「今は看護師というんですよ。私は看護婦さんと呼ばれたほうがいいですけど」

時間と場所を決めたあとで藤太は声を低めた。

「看護婦さん。頼みがあるんだけれど」

「何ですか」

「看護婦の制服を持っていたら、持ってきてくれないか」

ジュリは嬉しそうに笑った。

「ええ、いいですよ。白衣を着て、やさしく看護してあげますね」

藤太の欲望器官は、ふくよかな肉体に対する期待でズボンがきつくなるほどにふくらんできた——。

この作品は二〇〇二年九月マドンナ社より刊行された
『美肉狩り』を改題したものです。
一部、職業名を刊行時のままにしております。

従順（じゅうじゅん）な喘（あえ）ぎごえ

館淳一（たてじゅんいち）

平成28年12月10日　初版発行

発行人――石原正康
編集人――袖山満一子
発行所――株式会社幻冬舎
〒151-0051東京都渋谷区千駄ヶ谷4-9-7
電話　03(5411)6222(営業)
　　　03(5411)6211(編集)
振替00120-8-767643
印刷・製本―図書印刷株式会社
装丁者――高橋雅之

幻冬舎アウトロー文庫

ISBN978-4-344-42563-7　C0193　　O-44-23

幻冬舎ホームページアドレス　http://www.gentosha.co.jp/
この本に関するご意見・ご感想をメールでお寄せいただく場合は、
comment@gentosha.co.jpまで。